EL NIÑO

Obras de Fernando Aramburu en Maxi

Los peces de la amargura
Años lentos
Viaje con Clara por Alemania
Las letras entornadas
El trompetista del Utopía
Fuegos con limón
El vigilante del fiordo
Patria
Autorretrato sin mí
Utilidad de las desgracias
Los vencejos
Hijos de la fábula
El niño
Hombre caído

FERNANDO ARAMBURU

EL NIÑO

MAXI
TUSQUETS
EDITORES

PEFC Certificado

Este libro procede de bosques gestionados de forma sostenible

PEFC

PEFC/14-38-00305 www.pefc.es

1.ª edición en colección Andanzas: abril de 2024
1.ª edición en colección Maxi: marzo de 2025
1.ª edición en esta presentación: marzo de 2026

Adaptación de la cubierta: Maxi Tusquets / Área Editorial Grupo Planeta

Fotografía de la cubierta: © Mohamad Itani / Trevillion Images

ISBN: 978-84-1107-747-7
Depósito legal: B. 497-2026
Impreso en España

BIOGRAFÍA

Fernando Aramburu (San Sebastián, 1959) es autor de los libros de cuentos *Los peces de la amargura* (2006), *El vigilante del fiordo* (2011) y *Hombre caído* (2025), de las obras de no ficción *Autorretrato sin mí* (2018), *Vetas profundas* (2019) y *Utilidad de las desgracias* (2020), así como de las novelas *Fuegos con limón* (1996), *Los ojos vacíos* (2000, Premio Euskadi), *El trompetista del Utopía* (2003), *Bami sin sombra* (2005), *Viaje con Clara por Alemania* (2010), *Años lentos* (2012, VII Premio Tusquets Editores de Novela y Premio de los Libreros de Madrid), *La gran Marivián* (2013), *Ávidas pretensiones* (Premio Biblioteca Breve 2014) y *Patria* (2016, Premio Nacional de Narrativa, Premio de la Crítica, Premio Euskadi, Premio Francisco Umbral, Premio Strega Europeo, Premio Lampedusa...), traducida a 35 lenguas y convertida en prestigiosa serie de televisión. *Los vencejos* (2021), *Hijos de la fábula* (2023) y *El niño* (2024) lo han confirmado como uno de los mejores escritores europeos. Ha recogido su poesía completa en *Sinfonía corporal* (2023).

El niño

NOTA DEL AUTOR

Los lectores de este libro encontrarán una decena de pasajes en los que la novela, si no he entendido mal, pretende glosarse a sí misma. Quien ahí se expresa en primera persona es el propio texto, consciente, según él mismo afirma, de consistir en un conjunto de palabras transmisoras de una historia. En ocasiones se permite dirigir algún que otro reparo a quien lo escribe, cosa que, hecha en público, no ha de resultar por fuerza agradable al aludido.

En un primer momento, consideré que las mencionadas intervenciones equivalían a una intromisión y, lo que se me antoja aún más objetable, un añadido superfluo que interrumpe y, por tanto, perjudica la fluencia narrativa. Este juicio lo he modificado con posterioridad.

No ignoro que el recurso implica un riesgo. Me refiero al riesgo obvio de inspirar rechazo, particularmente en aquellos aficionados a las novelas que detestan cualesquiera alteraciones en la continuidad de lo narrado.

Nada habría sido más sencillo para mí que suprimir los diez pasajes, aun reconociendo que su brevedad me invita a tolerarlos. Al margen de la perturbación que puedan acarrear en la lectura y de la rápida antipatía que eso tal vez ocasione, no me parece irrelevante lo que dicen. Se me figuran pertinentes ciertos pormenores no tomados en cuenta por el narrador, los cuales aportan datos creo que valiosos sobre los personajes y sus circunstancias. Además, les agradezco que contribuyan a introducir remansos de sosiego reflexivo en una historia que se mueve con frecuencia en los bordes de la intensidad.

Un día hice la prueba de leer la novela omitiendo los pasajes que motivan esta nota. Advertí el hecho grave de que ciertos tramos de la historia quedaban incompletos. A fin de ponérselo fácil a quien no opine lo mismo y desee saltarse las diez intervenciones del texto, estas aparecerán publicadas en letra cursiva.

Hannover, noviembre de 2023

NICASIO acostumbra subir los jueves al cementerio. ¿Por qué los jueves? Qué más da. Algún día tiene que ser. Un acontecimiento de extraordinaria gravedad ha de interponerse para que él desista de cumplir el rito. Da igual si es verano o invierno, si llueve o sopla un ventarrón, si él no se siente bien o el lumbago le vuelve a jugar una mala pasada. A veces lleva consigo el paraguas aunque no se aviste una nube en el cielo, pues le sirve de bastón, y allá va él pasito a pasito carretera arriba, hablando por lo bajo y con su andar calmo y su respiración trabajosa de hombre al que le faltan dos años para septuagenario.

Le gustan los pájaros. Si por el trayecto avista alguno, en una rama, en un tejado, por el aire, se para a contemplarlo, a comprobar a qué especie pertenece y a ponerle nombre; aprovecha para descansar unos instantes y luego, satisfecho tras la breve observación, reanuda la marcha hasta el siguiente pájaro.

A decir verdad, lo de los pájaros va por días. Puede que el hombre camine tan embebido en sus cavilaciones y soliloquios que no preste atención a nada de cuanto ocurre a su alrededor.

En ocasiones (si bien cada vez menos; total, para qué), este o el otro vecino detiene el coche a su lado y le pregunta con la mejor de las intenciones si quiere que lo acerque al cementerio o bien, en el trayecto de vuelta, a su barrio; pero él rara vez acepta el ofrecimiento, ya que necesita y busca soledad, mucha soledad. ¡Pesados!, ¿no veis que quiero estar solo?

Prefiere los pájaros a las personas. He ahí una frase que él repite a menudo para sus adentros.

No puede descartarse que Nicasio, además de los jueves, suba otros días de la semana, domingos inclusive, a hacerle compañía al nieto. Por lo general, en tales casos, toma la decisión de forma repentina. Está escuchando la radio en el sillón de la sala (es un suponer), aburrido, soñoliento; le viene cuando menos se lo espera una acometida de nostalgia y dice: Voy a visitar al Nuco, nombre cariñoso con el que parientes y conocidos llamaban al niño desde los días de la cuna. Mariaje: Pero si hoy no es jueves. Y Nicasio responde que son cosas suyas y que nadie salvo él las puede entender.

Si pudiera, si lo dejaran, se instalaría junto a la tapia del cementerio en una tienda de campaña y no bajaría a Ortuella durante semanas, alimentándose de raíces y frutos silvestres y bebiendo agua de lluvia y gotas de rocío. Peor lo pasó en la guerra y después, en la época del hambre. Quien dice semanas, dice meses; quien dice meses, años, los que le queden por vivir. Lo tiene todo calculado. El problema es que Mariaje se opondría furiosamente a la idea y tampoco es cuestión de disgustarla. ¡La hija hace tanto por él!

SEGUNDOS después, sobre las cimas de los montes de Triano, la aeronave se pierde en el interior de una nube. ¿Adónde irá? Se rumorea en el corro de los que están mirando que en el avión viajan cincuenta niños y que pilota una maestra, y que a su lado, de ayudante, va un maestro, y que la cocinera del colegio deambula por el pasillo, entre los asientos, cumpliendo tareas de azafata. Atiende a los pequeños, les acaricia la cabeza, les canta canciones de cuando ella también era niña. Todos ellos están muertos. Por eso viajan inexpresivos y callados, los ojos abiertos, sin pestañear. A Nicasio lo sacan de quicio los comentarios de sus vecinos. Le parecen insensibles, superficiales, como de personas que no han sufrido ni la mitad que él. El coraje le quema por dentro; pero, por no discutir, se marcha a casa. Y sube las escaleras del edificio rezongando; eleva el tono de voz al entrar en el piso y se bebe dos vasos seguidos de un vino que guarda bajo el fregadero, en un viejo garrafón con envoltura de mimbre. Tan pronto como llega Mariaje de visita, enristra hacia ella y, agarrándola por los hombros, le asegura, y repite, y venga, y dale, que el niño no formaba parte del pasaje del avión. Él ha contado cuarenta y nueve caras infantiles, las ha estudiado una a una y ha leído y releído con atención el registro de pasajeros sin encontrar una sola prueba de que el Nuco hubiese subido a ese maldito aparato. Y añade: Hija, no hagas caso de los bulos de la gente. En este pueblo hay mucho charlatán y mucho mentiroso. El Nuco no ha emprendido ningún viaje sin retorno. Si alguien lo sabe a ciencia cierta, ese soy yo. Es tarde, dice la hija con la cabeza gacha, como si escudriñara la punta de sus zapatos. ¿Tarde? Pero si sólo pasan unos minutos de las doce de mediodía y aún no hemos comido. Créeme, padre, que para ti estas no son horas de permanecer despierto. ¿Cerrarás los oídos a las habladurías de la gente? Lo intentaré, pero no te garantizo nada.

DE José Miguel, que en paz descanse, sólo puedo proporcionarle a usted detalles positivos, y no porque pretenda idealizarlo. Dicho sea con el mayor de los respetos, mi marido no era un hombre idealizable. Imagino que para un libro como el que usted proyecta serían mil veces más interesantes un asesino, un maltratador, un asaltante de bancos; en fin, individuos cuyas fechorías produjesen curiosidad y un montón de episodios trepidantes o como quiera usted llamarlos.

Créame si le confieso que no soy la típica viuda que se pinta un pasado de color rosa y niega los sinsabores matrimoniales o los esconde en el recoveco más oscuro de su intimidad con la esperanza de olvidarlos. No tengo nada que olvidar. Nadie encontrará en mí un gramo de rencor, ni una pizca de amargura, en lo que se refiere a mi historia conyugal. Vaya usted, si no, a Baracaldo y pregúntele a mi amiga Garbiñe.

Pasados los años, compruebo que fui menos infeliz de lo que alguna vez llegué a pensar, a no ser que el tiempo y una desmemoria que se me haya colado a la chita callando en las neuronas me estén desordenando los hilos de la mente. Todo es posible. Mi proyecto de vida se rompió de la noche a la mañana por la razón que usted conoce y por otras razones que yo no sé si a usted le interesará conocer; pero yo no estoy rota, yo sigo en pie respirando y disfrutando con salud y tranquilidad de mi retiro, y todo esto no lo declaro por hacerme la dura ni la valiente. Si en mis peores horas no sucumbí a un trastorno depresivo fue gracias al afecto que se esforzó en procurarme mi marido, tan torpe, el pobre, en los asuntos sentimentales; a mi padre, por serlo y porque la necesidad que tenía de mí hizo que muchas veces me olvidase de mis penas o las postergara para otro momento y después para otro, y también, aunque ignoro hasta qué punto, al consuelo a rachas que durante una época me dio la religión.

DENTRO de lo que cabe, en el reparto de sepulturas, el niño tuvo suerte. Mariaje se apresura a corregir a su padre. Querrás decir que quien tuvo suerte fuiste tú. Y Nicasio, tras pensárselo unos instantes, no encuentra réplica posible y da la razón a su hija.

El caso es que al Nuco le tocó un nicho en la tercera fila contando a partir del suelo, junto a uno de los rellanos de la escalera. De este modo, a Nicasio la lápida de su nieto le queda al par de los ojos y puede hablar con él como con alguien de su misma estatura, sin tener que agacharse ni levantar la cara. Peor habría sido que al niño lo hubiesen puesto con los de la fila superior. ¿Qué hacer entonces? ¿Traer de casa todos los jueves la escalera de mano para poder decirle al niño de cerca las cosas que él suele susurrarle?

Salvo unas cuantas lápidas de color negro, la mayoría son blancas. También la del Nuco. Debajo del nombre y los dos apellidos puede leerse la fecha del fallecimiento (23 de octubre de 1980) y la edad: 6 años. Los acababa de cumplir. La inscripción se completa con una promesa de eterno recuerdo de sus familiares.

La lápida está protegida por una portezuela provista de vidrio. Se abre con llave. Nicasio supone que la tendrá Mariaje. Él se encarga de limpiar el vidrio con el moquero cada vez que sube de visita. Ya una vez, pasado un mes desde el entierro, se enfadó con su hija cuando esta aún no comprendía la conducta de su padre. Yo no visito la tumba. Yo visito al Nuco, que no es lo mismo.

Entre la lápida y el vidrio hay un espacio con una estrecha repisa en la parte inferior donde se ven unas flores de plástico dentro de un jarroncito y, al lado, una estatuilla de yeso del Sagrado Corazón. Similares adornos guarnecen el resto de las sepulturas, lo que confiere armonía al conjunto. En la del Nuco, al pie de la estatuilla, yace una moscarda muerta con las patas hacia arriba. Es un misterio cómo se ha podido meter ahí. A Nicasio no le gustan las flores en el nicho de su nieto. Ignora quién las colocó. ¿Su hija? Quizá sea una iniciativa del Ayuntamiento para darle un aspecto menos tétrico al columbario. Las deja por respeto y porque a lo mejor al niño le hacen compañía. Tampoco le gustan a Nicasio los ramos que cuelgan por fuera de los nichos. Esto parece una floristería, reniega. Como de costumbre, echa su aliento al vidrio, le pasa después el moquero, acerca la boca y dice: Yo te sacaré de aquí, Nuco. No sé cuándo, pero te sacaré. Tú, tranquilo.

Por el camino de vuelta al pueblo, se detiene a observar un grupo de seis o siete pájaros que vuelan a gran velocidad en dirección al monte. Estorninos, dice. No bien los pierde de vista, continúa su camino. A ver si me acuerdo de pedirle la llave a Mariaje para quitar la moscarda.

VOLVIENDO a mi marido, recuerdo con agrado su carácter. Era muy de ayudar a los demás y de preocuparse por la familia. Todo lo que tenía de grande lo tenía de dócil. Una vez le dije de broma: Tú has nacido para obedecer, ¿verdad? Y se reía. Igual ni me entendió.

No me malinterprete. No quiero decir que fuera tonto, sino bueno y tranquilo.

José Miguel trabajaba de peón en la planta de Nervacero, en Portugalete. Últimamente andaba nervioso por temor de ir al paro, ya que a la empresa la estaba golpeando duramente la crisis y desde la oficina, por no sé qué canales conectados con la plantilla, se había filtrado la noticia de un próximo plan de despidos. Él me confesó que por esta razón, de noche, en la cama, sufría pesadillas. Tenía muy metido dentro el instinto de asegurarnos el sustento al niño y a mí. Me entregaba el sueldo íntegro para que yo lo administrase. Yo le daba una cantidad modesta de su propio dinero para gastos. ¿Necesitas más? Nunca necesitaba más. Con lo poco que llevaba en el bolsillo se conformaba. No le iban ni el bar, ni el monte, ni el fútbol, ni la bici, ni en realidad ninguna de esas actividades que tanto suelen gustar a los hombres de esta tierra. Su única afición, que yo, por supuesto, respetaba, era la pesca de fin de semana en el mar con los amigos.

A menudo volvía de la fábrica tan cansado que se quedaba frito en el sofá mientras yo le hablaba. En tales ocasiones me inspiraba una mezcla de compasión y afecto. Ya una vez, al poco de casarnos, manejando una pieza de acero sufrió un corte en la mano. Después, por palabras del médico, supimos que estuvo a punto de perderla. Por suerte, lo llevaron a tiempo al hospital y consiguieron salvársela, aunque le dejaron un dedo tonto y una fea cicatriz.

Era un padrazo, un hombre alto y fornido que trataba al niño con la delicadeza más exquisita, como si tuviera miedo de romperlo. Lo levantaba cuidadosamente con aquellas manos suyas de coloso, tan desmesuradas, tan duras y callosas que parecían de piedra. Y a mí me entraba un cosquilleo de gusto viéndolo depositar al Nuco en la cuna como si fuera una figura frágil de porcelana, y darle un beso de despedida en la frente o en la mejilla, pero no el típico beso de trámite y ahí te quedas, sino, ya le digo, con una enorme ternura.

En el pueblo los había más guapos y con más labia; pero me alegro de haberle hecho caso a mi padre, que me decía cuando llegué a la edad del pavo: Tú, hija, búscate uno que sea buena persona, da igual si es gordo, narigudo o calvo, lo importante es el cariño y el respeto. La iniciativa de casarnos partió de mí. En asuntos del amor, mi marido no tenía el menor arranque. Era vergonzoso y torpe de palabra, ¿sabe usted? Fue el primer novio y el último que tuve.

Sin él saberlo, me daba mucho placer con sus manos ásperas. En nuestros ratos de intimidad, se entregaba de lleno al manoseo. ¡Le encantaba meter mano! Tocar, apretar, acariciar, pero despacito, ojo, nunca a lo bruto, con unas palmas y unos dedos gruesos que parecían recubiertos de papel de lija. Al principio yo fingía resistirme, nada más que por prolongar la sensación gozosa. Nunca se lo dije ni se lo agradecí, y ahora me arrepiento.

MARIAJE conserva un vivo recuerdo de la mañana del 23 de octubre. De haber podido, habría aplicado una goma de borrar en la parte del cerebro donde alberga las imágenes de aquella jornada, que todavía, mucho tiempo después, no duda en calificar de horrible; pero ya sabemos, añade, que la memoria funciona por su cuenta. Acto seguido afirma, en abierta contradicción, que sería injusto olvidarse del Nuco por completo. Oscila, pues, entre olvidar y recordar, y en el fondo se alegra de no tener un control directo de sus recuerdos. Aprender a vivir con ellos ha sido en todos estos años uno de sus mayores desafíos.

El día en cuestión el niño se levantó raro. Su madre matiza: Lo de raro quizá me lo parezca ahora que sé lo que iba a suceder poco antes de las doce. El caso es que al Nuco le costó salir de la cama. Lo normal era que saltase como un gato tan pronto como su madre entraba en el dormitorio a despertarlo. ¿Qué tienes? ¿Se te han pegado las sábanas? Tardó más de lo habitual en vestirse. No le entraba el desayuno. Mariaje, por si acaso, le tocó la frente. No percibió señales de calentura. Lento, silencioso, el niño mostró desgana por ir al colegio, cosa insólita en él, pues le encantaban las tareas escolares; sentía una abierta simpatía, rayana en la veneración, por la profesora, y compartía aula con un nutrido grupo de amigos del barrio de Otxartaga, donde tenía su domicilio.

Nicasio abrigaba la firme convicción de que el niño poseía inteligencia adivinatoria. No es que hubiera visto o soñado durante la noche la explosión. Es tan sólo que le debió de venir un barrunto, quizá una deducción inconsciente a partir de estímulos inexplicables, o escuchó mientras dormía una voz que le susurraba: No te levantes, Nuco. No se te ocurra ir al colegio. Ay de ti como vayas.

Mariaje recelaba que su hijo hubiera tenido de víspera una desavenencia, tal vez una pelea, con algún compañero de clase. Difícil saberlo, pues era un niño introvertido, poco dado a franquearse. Cursaba 1.º de EGB. Era de los nuevos en el colegio, con la ilusión intacta por aprender; pero a la vez tan sensible y, por qué no decirlo, tan frágil que al menor contratiempo se le podía desinflar el entusiasmo. Ese rasgo, según Mariaje, lo compartía con José Miguel. Cuando algo les disgustaba, los dos se abstenían de protestar o de rebelarse. Preferían recluirse en un silencio hermético y rumiar a solas sus enfados y tribulaciones.

¿Te duele algo? No sé. ¿Te ha reñido la profesora? En lugar de hablar, esta vez el niño negó con la cabeza. ¿Te ha pegado algún compañero? Volvió a negar. ¿Alguien te ha dicho algo feo? Nueva negación.

Sentado a la mesa de la cocina, con su tazón matinal de colacao, el niño tan sólo dijo sí cuando su madre, pensando en levantarle el ánimo, propuso llamar al abuelo para que lo acompañase al colegio. Con el abuelo el Nuco iba a cualquier parte. Con José Miguel también; pero este, a esas horas, ya estaba trabajando en la fábrica. El niño, en según qué situaciones, prefería la compañía del abuelo. El abuelo era lo más y lo mejor. Con él la risa y la diversión estaban garantizadas. Cosa de una semana antes, Nicasio había encandilado al niño con una promesa. Cuando fuera más grande, lo haría socio del Athletic e irían los dos a San Mamés vestidos con la camiseta rojiblanca. Viudo, jubilado, Nicasio vivía a dos manzanas de su hija y estaba siempre disponible para sacar al niño de paseo y jugar con él. No bien recibió la llamada telefónica de Mariaje, se puso en camino en busca del nieto. ¡Cuántas veces y con cuánta amargura habría de repetir en el futuro que jamás se perdonaría haber llevado al niño aquella mañana al colegio!

SOY consciente de operar como soporte narrativo de un infortunio de tales dimensiones que cualquier tentativa de calificarlo resultaría vana. Hay algo que me ha estado pesando, no sé bien lo que es, un recelo, un escrúpulo, en las páginas previas a este pasaje. Si lo referido fuera mera ficción, un invento de la mente febril de quien me escribe, por más que aprovechara materiales de su experiencia personal, yo seguiría sirviéndole sin el menor remordimiento; pero se da el caso de que a cada instante habré de hacer sitio en mí a testimonios de una fuerte carga emocional, por cuanto gran parte de la historia que se me ha encargado relatar sucedió verdaderamente y juzgo no pequeño el riesgo de incurrir en el exceso sentimental o en la hinchazón exclamativa.

Yo no me veo sino como un humilde texto partido en secuencias, una suma de palabras dispuestas de tal modo que contengan significación. Ni siquiera me es dado escudarme en la coartada del estilo. Comparaciones audaces, metáforas brillantes, abundancia de tropos en mí no se hallarán, aun-

que tampoco soy o creo ser el resultado de lo que sale de una churrera de prosa funcional. Bastante tengo con ser preciso y no faltarles al respeto a quienes tanto padecieron y acaso sigan padeciendo, si aún viven, más de cuarenta años después de su desgracia.

No me equipare nadie con lo que yo transmito; mejor dicho, con lo que quien me redacta desea que yo transmita. Lejos de mi propósito suplantar el dolor de nadie. «Sufrir es una tontería», afirmó Cesare Pavese en una entrada de su diario. Entiendo que sólo tiene legitimidad para sostener tal cosa quien experimentó en su propia persona el sufrimiento. Dudo que yo sea capaz de hacer legible con verosímil cercanía la aflicción que comporta la pérdida de un hijo; aunque es mi obligación intentarlo como intermediario, como mensajero o como simple traductor.

Ayer su madre, su padre, dieron un beso al niño, conversaron con él, lo condujeron de la mano, y ahora esa criatura que atesoraba tanto futuro está ahí tendida en la morgue de un hospital, muerta, muerta del todo; más muerta, imposible. Dentro de unas horas comenzará la descomposición natural del organismo y pronto el niño será tan sólo una imagen convocada con pena al pensamiento; unas fotografías, ¿te acuerdas?; un nombre pronunciado en la soledad teñida de nostalgia o esculpido en una lápida que irán desgastando sin compasión la intemperie y el tiempo.

El 23 de octubre de 1980 cayó en jueves. Cincuenta alumnos de entre cinco y seis años, además de tres adultos, perdieron la vida como consecuencia de una explosión de gas pro-

pano en un colegio de Ortuella. Yo, esto, como incontables textos que me precedieron, lo puedo y acaso lo debo testimoniar. Para ello basta una cantidad determinada de palabras que nombren y describan. No logro, sin embargo, librarme del temor de incurrir a mi pesar en la obra de arte, en la demasía literaria, y terminar componiendo un librito con aspecto de novela, el cual podría correr el albur de suscitar en los posibles lectores aprobación e incluso elogios a costa de una tragedia que supuso un mazazo atroz en la vida de numerosas familias.

LOS primeros meses sobre todo, luego cada vez menos, los familiares visitaban con frecuencia el columbario, renovaban las flores, limpiaban los vidrios, formando a menudo corrillos de conversación. A Nicasio no le apetecía encontrarse con nadie. Traen la muerte pintada en la cara. Por su culpa, los pájaros evitan sobrevolar el cementerio.

Padre, exageras.

Más de una vez, al franquear la entrada y oír voces, Nicasio se dio la vuelta y anduvo con su paraguas a modo de bastón, su impaciencia y su enfado por las inmediaciones para hacer tiempo en espera de que los visitantes se marcharan. Es que te dirigen la palabra, te cuentan lo mal que lo siguen pasando y repiten las mismas frases: que nunca olvidarán, que sufren insomnio o pesadillas, que toman no sé qué medicamentos contra la depresión, que hacen lo posible por superar la tragedia porque la vida continúa y tienen, algunos, otros hijos que atender, y que el psicólogo ha dicho o ha dejado de decir.

Él quiere estar a solas con el Nuco y hablarle sin nadie al lado que mire, que escuche, que se entrometa y luego vaya diciendo por ahí que estoy tocado del ala.

Mariaje se esfuerza por conservar la calma; pero no siempre lo consigue. Te pasas el día gruñendo. ¿Tanto te cuesta entender que otros también andan de duelo?

Su padre oyó decir que el cementerio permanece abierto por las noches en honor de los niños muertos y por si alguien, de pronto, siente la necesidad de visitarlos. Joder, pues, ahora que lo piensa, sería una posibilidad subir hasta allí con una linterna a las tres de la madrugada, aunque vete a saber si a esas horas ya hay gente de palique delante de los nichos, intercambiando comentarios meteorológicos y bebiendo café de un termo. Lo cierto, sin embargo, es que Nicasio se acuesta temprano. A las nueve se le empiezan a cerrar los ojos. Serán los años y el vino de la cena, que le provoca cargazón en los párpados. A las diez, como muy tarde, ya está en la cama.

No siempre le resulta posible esquivar a los visitantes. A veces, por la mañana, Nicasio es el primero en llegar al cementerio. Se alegra porque no ve a nadie; pero de pronto aparece esta mujer y al rato aquel hombre, vecinos del pueblo, y ya como que no tiene escapatoria.

Uno dice: Yo, cuando veo al fontanero por la calle, no me aguanto las ganas de decirle lo que pienso. Nos has destruido la vida, cabrón.

Otro añade: Pues creo que le han destrozado el coche.

El anterior: Ya me habría gustado a mí que me destrozaran el coche en lugar de a mi hija.

Nicasio se abstiene de intervenir en la conversación. Conoce en persona al fontanero municipal. Una buena persona, una víctima del destino y de la chapucera conducción del gas. El pobre hombre, ¿cómo iba a saber? Si incluso tenía a su hija esa mañana en una de las aulas del colegio.

Haber sufrido una pérdida tan grande y estar desolado no justifica cualquier cosa.

En este punto, Mariaje da la razón a su padre.

SE abrió una escotilla en el techo del sótano. De arriba, de la cocina del colegio, entraron voces y una columna de luz que obligó a Nicasio a protegerse los ojos, habituados hasta ese momento a una larga permanencia en la oscuridad. Se perfiló de pronto en la penumbra un sistema de tuberías polvorientas. Costaba respirar en las tripas profundas del edificio. Alguien se descolgó a través de la abertura. ¿A qué viene este hombre? A la vista del atuendo y de las herramientas, Nicasio dedujo que se proponía emprender algún tipo de reparación. De ahí a poco lo reconoció: Francisco, fontanero del Ayuntamiento, de algo más de cincuenta años de edad. Intercambia impresiones con los de arriba acerca de la tarea que debe llevar a cabo. El sótano huele a gas propano. Una voz de mujer dice en la cocina: Sí, ya hace días. A lo que el fontanero responde: Yo es que como estoy un poco acatarrado... En realidad, el propano no se puede percibir con el olfato, pero sí la sustancia odorizante que le ponen justamente para detectar escapes. Desde su rincón oscuro, Nicasio saluda ni tan alto que el fontanero se sobresalte ni tan bajo que su voz no alcance a advertirle de su presencia. El saludado no reacciona. Tampoco al segundo intento. Claro, hemos coincidido en el mismo lugar pero no en la misma fecha. Por algún extraño motivo, Nicasio no logra moverse del sitio, como si estuviera encadenado al grueso muro de hormigón. Bueno, me limitaré a observar cómo trabaja el operario. En esto, ve que se dispone a accionar un soplete candileja. ¡¿Qué haces, buen hombre?! ¿No notas el gas explosivo? ¿No has leído los periódicos de mañana? Si prendes el fósforo, morirán cincuenta colegiales. ¡Detente, por Dios! Ajeno a las voces de alarma de Nicasio, que, inmóvil en el rincón, alargó los brazos en una tentativa desesperada por contener al fontanero, este procedió a encender el soplete. Sin tiempo de que se formara llama, se produjo la deflagración. Crujieron las paredes y la parte baja del edificio saltó por los aires, al tiempo que Nicasio, con toda la fuerza de sus pulmones y su garganta, profiere un alarido. Mariaje entra alarmada en el dormitorio. Padre, ¿qué te pasa, por qué gritas? Menudo susto me has dado.

LE aseguro que el día más negro de la historia de Ortuella no oí explosión alguna. Será porque estaba cocinando con la radio puesta, que es algo que me ha gustado hacer toda la vida. A mí el silencio, en casa, sobre todo durante el día (de noche, durmiendo, me da igual), siempre me ha producido inquietud. Siento como si hubiera detrás de las cortinas o debajo de la mesa o dentro del armario un individuo que me acecha esperando una ocasión propicia para caerme por la espalda. Yo necesito voces, ruidos, una persona de confianza que respire cerca de mí, y si no hay nada de eso, pues entonces conecto la radio y me hago el ánimo de estar acompañada. A mí los ronquidos de José Miguel en la cama me transmitían seguridad. Como me acostumbré a ellos, no me desvelaban o quizá un poco, según; en compensación, advertían al individuo del armario que, en caso de atacarme, no faltaría quien me defendiese.

Mi padre hablaba solo a todas horas, a veces sin voz. Por el movimiento de los labios era fácil adivinar que andaba embebido en uno de sus parloteos. Le encantaba imaginar conversaciones con su difunta esposa, con el Nuco y a lo mejor hasta con las palomas. A menudo gesticulaba acalorado sin que se le oyese una palabra. También podía ocurrir que en el curso de un monólogo arrugase el entrecejo. ¿Qué te pasa? He tenido que reprender al niño, no se ha portado bien. Y a continuación teorizaba sobre la conveniencia de ponerles límites a los niños para que aprendan a edad temprana que no todo está permitido. Cada vez comprendo más a mi padre, aunque a mí no me va eso de inventarme una realidad paralela. Lo que quiero decir es que, él a su modo, yo al mío, no soportábamos el silencio.

Lo que sí oí aquel jueves, cerca del mediodía, fue un alboroto descomunal de vehículos. Aquí ha pasado algo gordo y salí al balcón. Aparte del aullar de las sirenas, que, ya le digo, iba a más conforme transcurrían los minutos, mi calle mostraba el aspecto tranquilo de costumbre. No se veía a nadie corriendo; tampoco humo, fuego, vocerío ni señal alguna que justificase lo que parecía un raudal de ambulancias y bomberos y probablemente coches de la policía. Situé lo que fuera que hubiese ocurrido por la parte alta del pueblo. Ya me iba a meter en la cocina para seguir con mis ocupaciones cuando divisé en la acera a una vecina. Le eché un grito antes que entrara en el portal. Oye, Asun, ¿a qué viene tanta sirena? Y por poco se me sale el corazón por la boca cuando respondió: Me acaban de decir que el colegio ha explotado. ¿Qué colegio? ¿Qué colegio va a ser? El nuestro, el Marcelino Ugalde.

EN cuestión de un minuto, Mariaje salió dos veces de su casa. Para entonces todo el pueblo era un clamor de sirenas. El ulular incesante la estaba poniendo frenética. Cosa inusual en ella, al pasar por delante del espejo del vestíbulo evitó mirarse. Al salir gustaba de hacerse una última inspección ocular ante la pieza de cuerpo entero. De este modo comprobaba si había algo objetable en su apariencia y, en caso de que lo hubiera, procuraba subsanar la posible imperfección mediante un oportuno retoque.

Colegio, explosión. Las dos palabras resonaban una y otra vez en su pensamiento desde que se las había escuchado a la vecina, inspirándole toda suerte de imágenes funestas.

Llevaba puesto el delantal salpicado de lamparones y corros húmedos. Se dio cuenta de ello al llegar al descansillo del piso inferior al suyo. ¿Volver? No hay tiempo. Se quitó la prenda, más bien se la arrancó del cuerpo, con idea de dejarla tirada en la escalera; pero cambió bruscamente de parecer, pues le vino de pronto la duda de si se habría olvidado de apagar el fuego en la cocina. Conque regresó a la vivienda subiendo los escalones de dos en dos y comprobó que, en efecto, los garbanzos con chorizo que tanto gustaban al Nuco y a su marido seguían hirviendo dentro de la cazuela.

Señor, yo nunca te pido nada; pero perdónale la vida al Nuco. Que no le haya pasado nada, te lo suplico. Piensa que, si te me llevas al niño, no me queda otro.

Y tras santiguarse, apagó el fuego. Luego, con una extraña calma, colgó el delantal en un gancho, detrás de la puerta. Le temblaban las piernas y, hasta que no llegó al portal, lo hizo todo con lentitud, como tratando de retrasar el temido momento de llegar al colegio y encontrarse con una verdad insoportable.

Cuando salía por segunda vez de la vivienda, llevada por la costumbre se detuvo apenas un segundo delante del espejo, tiempo suficiente para ver reflejado en sus ojos algo más que un brillo de estupor y miedo, mucho miedo de madre. Allá en lo hondo de sus asustadas pupilas halló confirmada la peor de las premoniciones.

GRANDES bloques de hormigón sobresalían en el revoltijo de cascotes y por algunos boquetes abiertos en el techo podían entreverse los tabiques del piso de arriba. La onda expansiva había desprendido partes del enladrillado de la fachada, roto los vidrios de las ventanas y lanzado las paredes exteriores de las tres aulas del piso inferior talud abajo, esparciendo una lluvia furiosa de materiales de construcción sobre los coches aparcados delante de un inmueble de vecinos. En el suelo regado de escombros se entreveraban sillas y mesas escolares destrozadas. Por aquí y por allá se esparcían cuerpos de niños de cinco y seis años, ensangrentados, deshechos, con la ropa reducida a jirones. Algunos que habían salido despedidos por el aire yacían descoyuntados en un lateral del patio. Y donde hasta poco antes del mediodía estaban las aulas de los más pequeños, ahora se abrían tres huecos sobre los que amenazaba derrumbarse el edificio atravesado de grietas. Los vecinos de las viviendas más cercanas al Marcelino Ugalde fueron los primeros en acudir en auxilio de las víctimas. Pronto se agregaron varios maestros de la primera planta, donde se apretaban cientos de alumnos atemorizados, alguno que otro herido, aunque sin graves consecuencias. El grupo de adultos se afanaba por retirar escombros con sus manos desnudas e impotentes, en la esperanza de encontrar vida sepultada debajo de aquel terrible rimero de destrucción. Con muy pocas excepciones, todo lo que lograban desenterrar era carne inerte, miembros desprendidos, criaturas y más criaturas aplastadas, de tal manera cubiertas de sangre y suciedad que resultaba punto menos que imposible reconocer en ellas unos rasgos fisonómicos. Aún no habían llegado las ambulancias, y en un cobertizo, frente a la entrada del colegio, la tragedia se perfilaba en forma de una acumulación creciente de cadáveres infantiles. Cuando los padres vean este panorama, va a ser un horror. Ya lo es. Mira que si ha sido ETA... Esto, una bomba, no parece. Tarde o temprano se sabrá. Asomaba entre los escombros una manita quieta, blanca de polvo, como si estuviera enharinada. Todavía sujetaba entre los dedos un pedazo de plastilina azul.

NICASIO atribuyó la explosión a los trabajos de una cantera de la zona. Lo último que se le hubiera ocurrido pensar era que la planta baja del colegio, incluida el aula de su nieto, acababa de reventar con una multitud de niños dentro. El estruendo lo sorprendió mientras caminaba tranquilo por la calle. Se dirigía a la farmacia arrancando trozos de la barra de pan recién comprada; los masticaba con placer, no sólo porque, ya cerca de las doce, empezaba a acuciarle el hambre; también porque nadie le pediría cuentas por llegar a casa con el pan roído, costumbre que solía sacar de quicio a su difunta esposa. ¡La de veces que me habrá echado la bronca por eso!

Aún no se advierten en el pueblo señales de alarma. Sí, allá arriba, una pareja de palomas que dormitaba en un alféizar ha emprendido un vuelo repentino al producirse el ruido de la explosión. También se pueden haber espantado por otra causa o por nada.

La una echa a volar y la otra va detrás contagiada del susto o por simple imitación. Algo así se ha visto miles, millones de veces, y se seguirá viendo mientras haya palomas y haya ojos que se detengan a mirarlas. Fuera de este detalle anodino, persiste una inercia de normalidad en las calles de Ortuella. Y Nicasio prosigue su camino masticando el pan tierno y crujiente, y no sabe y no piensa que le quedan apenas unos minutos para que se abra un boquete negro en su apacible vida de jubilado.

Parece como si entretanto creciera una rara tensión en el aire. Se diría que una sustancia invisible y volátil va depositando en los objetos, en las baldosas de la acera, en el asfalto de la calzada, un brillo tenue de mal augurio. ¿O se trata de una invención posterior de la memoria? Pero, entonces, ese coche ¿por qué circula a tanta velocidad? Y aquel otro, lo mismo, y enseguida un tercero, todos en la misma dirección, pueblo arriba.

Nicasio salió de la farmacia con su bolsa de medicinas. A las habituales había añadido una caja de analgésicos que no requerían receta médica, al parecer menos fuertes que otros que tomaba para paliar los efectos de sus reiterados ataques de lumbago y le irritaban el estómago. Uno de sus amigos del bar se los había recomendado días antes. Y de pronto se empieza a notar un movimiento inusual de personas en la calle. Aún faltan minutos para las carreras, los gritos, los sollozos, el alboroto de las sirenas, los fotógrafos y periodistas. Lo que ahora se percibe es un punto de intranquilidad incipiente en la vía pública. Tres paisanos (un hombre y dos mujeres) cuchichean al otro lado de la calzada. Por encima de ellos, una vecina se asoma con ademanes nerviosos a la ventana del primer piso. Debido a la distancia, Nicasio no alcanza a entender sus palabras. Por lo visto, la mujer revela a los reunidos en la acera una noticia que hace llevarse a una de las señoras las manos a la cabeza. Y esta señora, visiblemente alterada, se mete a toda prisa en un portal.

Oye, ¿qué ha pasado? Y un conocido, que algo había oído y quizá sabía más de lo que afirmaba, acercó a Nicasio en su coche todo lo que pudo al lugar de la desgracia. Por el camino, Nicasio le pidió que encendiera la radio y el otro dijo: Mejor, no, Nicasio. Mejor, no.

YO *desearía que el autor se abstuviese de convertirme en un recipiente de penalidades humanas relatadas con crudeza, sin otro objeto que dar pábulo a las inclinaciones morbosas de los posibles lectores. No poco debieron de afligir los hechos de aquel 23 de octubre de 1980 a las familias de Ortuella directamente implicadas en el desastre como para que quien me escribe los exagere, los frivolice o los desvirtúe derramando sobre mí sensacionalismo verboso y artificios literarios propios de un cronista insincero.*

Supe que mi autor estuvo examinando cierta fotografía publicada en la primera plana de diversos diarios de la época. Me enteré de ello por los apuntes que suele tomar en un cuaderno aparte, donde reúne datos y comentarios que a menudo tiene en cuenta en el momento de escribirme. El País, Deia, La Vanguardia *y seguro que algún periódico más ilustraron la noticia con la imagen en blanco y negro de varios cadáveres infantiles esparcidos por el suelo de un cobertizo que había al costado del colegio, un techo sostenido por pilares bajo el cual, dicen, los niños podían jugar en los días de lluvia sin mojarse. Alrededor de los cuerpos tendidos, la fotografía muestra a unas mujeres. Una de ellas viste un delantal blanco. Otra, tal vez horrorizada, se aprieta la cara con las dos manos. Hay unas cuantas personas en rededor, las cuales observan la escena inmóviles, como si les hubieran pedido que posaran en actitud de figurantes.*

La versión de La Vanguardia *incluye en la parte superior de la fotografía una frase que a mí me desagradaría contener:* El pueblo vasco, crucificado por la tragedia. *Retórica tendenciosa, teatral, hiperbólica. Un insulto para los verdaderamente golpeados por el trágico suceso, muchos de ellos de origen inmigrante. Ahora reproduzco la frase, sí, pero como cita, por tanto como cosa ajena resaltada con un tipo de letra diferente.*

Admito que la falta de color aminora la truculencia de la imagen sin borrarla del todo. La sangre negra de los periódicos se dijera que perturba menos, que no es tan sangre como la roja. Al cabo de cuatro décadas dudo que se les tolerase a los medios de comunicación así como así, sin duros, durísimos reproches, publicar fotografías similares, en las que los rasgos faciales de algunas de las criaturas destrozadas por la explosión son fácilmente reconocibles. Para sus familiares, si tuvieron conocimiento de la fotografía susodicha, debió de ser espantoso ver a su niño o a su niña sin vida, con la ropa desgarrada, expuestos a la curiosidad de cualquiera. Hubo padres de alumnos del Marcelino Ugalde que perdieron aquel día más de un hijo. Confío en que mi autor no se deje llevar por la impresión producida por una imagen de impacto y acierte a dotarme, él sabrá cómo, de las palabras y el tono convenientes.

TANTOS años después, la memoria se me llena de detalles intrascendentes, auténticas minucias que en lugar de ayudarme a una reconstrucción veraz de lo vivido, la distorsionan. Me dejan, para colmo, con recargo de conciencia, pues pienso que recuerdo bobadas porque me he vuelto una persona insensible. Hasta sospecho que no sufro como debiera y entonces sufro por no sufrir. En fin, perdone. Ya hablo como los antiguos místicos en trance.

Lo que pretendía decirle es que no termino de ver con claridad aspectos de aquel jueves luctuoso que todo el mundo, empezando por los medios de comunicación, consideró en su día esenciales. Sobre la cuestión que a usted le interesa yo no sabría distinguir entre lo importante y lo trivial. Sólo sé lo que recuerdo y, créame, cada vez recuerdo menos, quizá porque he envejecido (paso un buen trecho de los setenta, aunque dicen que aparento menos), quizá porque las imágenes del pasado me duelen más de lo que estoy dispuesta a reconocer y me he acostumbrado a esquivarlas. Ya le conté el otro día que salí de casa con el delantal puesto y que, sin haber llegado al portal, di marcha atrás. Nunca antes había hablado de esto con nadie, tampoco con mi marido. De pequeñeces así me acuerdo. Del aparato de cocina que, en el apuro, olvidé apagar. De los garbanzos con chorizo y de mis ojos en el espejo. Discúlpeme.

Subí a pie al colegio con un estrujón de angustia en el pecho, convencida de que a mi niño le había sucedido algo grave, pero al mismo tiempo buscando a mi alrededor, en las farolas, en los coches, en las fachadas, indicios que, por favor por favor, desmintieran mi mal agüero. Me dio un sofoco al oír por las inmediaciones sirenas de ambulancia o quizá de los bomberos y la policía. No una ni dos. ¡Menudo guirigay!

Al principio me di toda la prisa que pude. Nada más salir del portal eché a correr como una loca hacia el barrio de Ganguren, pero el camino en cuesta no tardó en imponerme su ley. Ahora sospecho que intenté quedarme sin fuerzas cuanto antes porque, en el fondo, como le dije la última vez que nos vimos, deseaba retrasar el momento de enfrentarme con la desgracia que presentía.

Me pasé todo el trayecto hablándole a Dios. Dios era un señor mayor, con barba blanca, a quien yo imaginaba caminando a mi lado. Le imploré que no me quitara al Nuco. Me vino de repente ese impulso religioso. Supongo que se debería al miedo, pues por aquellos días yo no era muy creyente. Lo justo, lo que manda la costumbre, y pare usted de contar. Hacía varios años que no pisaba una iglesia. Desde el funeral de mi madre, que yo sepa. Después de lo del colegio tuve varias rachas de fervor religioso; pero cada vez menos intensas y más espaciadas, hasta dar en el descreimiento que probablemente me acompañe lo que me reste de vida.

Mi difunta madre sí era devota. Jamás se perdía su misa de los sábados. A menudo, ya enferma del mal que la llevó a la tumba, la sorprendíamos encogida en el sillón con el rosario entre los dedos, bisbiseando oraciones. Tenía una estampa de san Fulgencio, patrón de su pueblo, encima de la mesilla. Cuando invocaba la protección del santo o necesitaba que este le hiciese favores, trataba de congraciarse con él poniéndole una vela encendida. Mi padre y yo la dejábamos en paz con sus asuntos de la fe. No fuimos nunca una familia de sectarios. Allá cada cual con sus ideas y convicciones.

Y de pronto, yendo por la acera, me entró un furor de egoísmo. No lo puedo llamar de otro modo, aunque en aquellos momentos le juro que yo no era yo, sino una madre fuera de sí, arrastrada por un instinto anulador del pensamiento racional. El caso es que le rogué o, mejor dicho, le exigí a Dios que, si tenían que morir niños, murieran otros y no el mío. Ya ve usted qué cosas discurre una en una situación como aquella. Yo iba hablando sola por la calle, en voz alta lo más probable, no estoy segura, y cada vez se veía más gente que subía pegando gritos y corriendo hacia el colegio.

A mi llegada, un policía me dio el alto. Por el tono de voz y por la forma blanda de bajar el brazo delante de mí, me percaté de que lo suyo, más que una orden, era una petición y aun diría que un ruego. Ese hombre no andaba con ánimo de ejercer ninguna autoridad. ¿Lo ve?, otra bobada de la que me acuerdo. De sobra sabía aquel policía que yo era una de tantas madres a punto de confirmar la más horrible de las noticias. Igual temía que le montase una escena. Y, desde luego, se la hubiese montado. Conque al mismo tiempo que me prohibía pasar se hizo rápidamente a un lado para sugerirme que pasara. Y enseguida vi toda aquella destrucción, la gente retirando escombros con las manos, una mujer que se agitaba en el suelo, no sé si por efecto de un ataque epiléptico o de histeria, llorando a grito pelado, y a su lado otra señora que trataba, según creo, de consolarla. No recuerdo qué sentí en aquellos momentos. Yo, la verdad, no sentía nada. Estaba como si me hubieran vaciado por dentro, paralizada, confusa, incapaz de hilar dos pensamientos seguidos. Dios bendito, ¿dónde está el aula de mi hijo? No había pared exterior. El suelo se había hundido. Se veían algunas mesas y sillas retorcidas entre los cascotes. Y en esto, veo a mi padre completamente empolvado, con un lamparón de sangre en la hombrera de la camisa, que viene hacia mí sin apresurarse, haciendo ademanes tranquilizadores. ¿El Nuco? Se lo han llevado en ambulancia al hospital de Cruces. Es uno de los supervivientes. Pero ¿está herido? Nada, unos rasguños. Levanté la mirada al cielo y en silencio le di gracias a Dios. Lo único que me preocupaba en aquellos instantes era que, en medio del llanto y la desolación, nadie notase la felicidad que me bullía por dentro.

AL hospital. A Mariaje se le figuraba que las cuchillas de una batidora eléctrica le estaban licuando el cerebro. Por encima del hombro de su padre avistó filas de cuerpos infantiles depositados en el suelo, personas abrazadas, personas llorosas, barullo de voces, uniformes, vecinos del pueblo. Quería saber, necesitaba saber, pero no tuvo valor para acercarse. Una voz interior le anulaba el pensamiento. Al hospital, al hospital. Y temía colmarse de imágenes que en el futuro, noche tras noche, incentivaran sus pesadillas. Nicasio punto menos que la empujaba para que se marchase. Allí lo único que hacía era estorbar. Al hospital. Conque se volvió por donde había venido. Pobres padres, pobres madres, pobres criaturas, iba murmurando y cada dos por tres daba gracias a Dios por haberle salvado al Nuco. Ya se le anunciaban los primeros síntomas de una jaqueca. ¿Qué le importaba a ella una jaqueca si su niño vivía, aunque fuera con una brecha en la cabeza o un bracito roto? Alguien la saludó. Ella, ensimismada, no se percató y siguió adelante sin responder. Cerca de su portal, le preguntaron. La planta baja del colegio ha saltado por los aires. ¿ETA? No lo sé, ya lo dirán. Subió a su piso a cambiarse de ropa. No es que estuviera mal vestida, pero vamos a decir que así no quiero presentarme ante los médicos y tampoco quiero que el Nuco se avergüence de su madre. La idea de estar un rato largo esperando el autobús en la parada, con los nervios de punta; de coincidir allí con curiosos desprovistos de tacto y delicadeza y tener que soportar sus preguntas la indujo a pedir un taxi por teléfono. Llamó a continuación a la fábrica. Le dijeron que José Miguel y dos compañeros en su misma situación estaban al corriente de lo ocurrido y se habían puesto en camino. En camino ¿hacia dónde? Eso no se lo pudieron explicar. Mariaje ingirió dos aspirinas a toda prisa antes de salir de casa. El taxi, ¡cuánto tarda! A Cruces, dijo cuando ya el vehículo estaba en marcha, como si el conductor supiera de antemano adónde debía dirigirse. A la salida del pueblo, el taxi hubo de detenerse a un costado de la carretera para ceder el paso a una ambulancia y enseguida a otra y a otra. Al llegar a las proximidades del hospital, Mariaje decidió apearse como a cien metros de la entrada al ver el lío de coches y gente que había allá delante y preguntó: ¿Cuánto es? Y el taxista, que no había dicho una palabra en todo el trayecto, le respondió: Nada.

TRANSCURRIDA semana y media del suceso, a Nicasio lo abordó un conocido por la calle. ¿Quién? El nombre es lo de menos. Uno del pueblo, también jubilado. Uno con el que hasta hacía poco, cuando Nicasio aún no se apartaba del trato con los vecinos, solía jugar a las cartas en el bar. No era mala persona, pero pelma. De haberlo visto venir, Nicasio se habría vuelto para atrás o habría cambiado de acera. Para cuando se percató de su presencia, ya lo tenía delante. Dichosos los ojos que te ven. Y el tipo, inoportuno, apenas pronunciada la frase tópica, sacó a relucir el asunto que por esas fechas mantenía ocupadas las mentes y los lagrimales de numerosos habitantes de Ortuella.

Al parecer, el alcalde había pronunciado días atrás un discurso emotivo ante una multitud de caras tristes y ojos húmedos. No será fácil, pero hagamos un esfuerzo entre todos para recobrar la normalidad. Se rumoreaba en el pueblo que algunos familiares habían recogido a sus niños muertos entre los escombros del colegio y se los habían llevado a casa. Y Nicasio dijo para sí: A mí ¿qué puñetas me importa lo que haga la gente o lo que me cuente este tontorrón que haya dicho o dejado de decir el alcalde? En vez de contestar, Nicasio callaba con una expresión facial ablandada por la indiferencia, mientras el otro llenaba el aire de palabras a la manera de las personas incapaces de soportar el silencio.

Siento mucho lo de tu nieto. A Nicasio, más interesado en observar las ventanas del edificio de enfrente que en prestar atención a la plática del conocido, lo sacudió un sobresalto. Suspicaz: ¿Qué pasa con mi nieto? El otro no pudo refrenar un gesto de extrañeza. Mi mujer dice... El hijo de Mariaje ¿no murió en el accidente del colegio? Nicasio, el ceño fruncido, los labios apretados, lo miró unos instantes dentro de los ojos antes de responderle con firmeza rencorosa que su nieto era uno de los cuatro supervivientes de la explosión. Qué suerte, cuánto me alegro. Pues sí, la fortuna quiso que el niño quedase atrapado en un hueco entre dos bloques de hormigón. Eso le salvó la vida, caprichos del destino, ya ves, y ahora, de manera provisional, el angelito asiste la mar de contento a clase en un colegio público de Sestao. Yo mismo iré a recogerlo por la tarde. El otro no supo qué decir. Le arreó una palmada amistosa a Nicasio en el hombro. A ver cuándo nos vemos y echamos una partida como en los viejos tiempos. Nicasio lo vio alejarse por la acera adelante. Esperó a que estuviera a veinte o treinta pasos de distancia para decir en voz baja, mordiendo con rabioso desprecio cada sílaba: ¡Hace falta ser imbécil!

A la entrada de Cruces, distinguí a José Miguel en actitud de espera, vestido con su mono de trabajo, salpicado de manchas oscuras y grasientas. Había salido de la fábrica tan precipitadamente que no había tenido tiempo de cambiarse. Y sus manos enormes tampoco es que estuvieran como para doblar sábanas blancas. A cuantos iban y venían presurosos a su lado él les sacaba un palmo de estatura. En otras circunstancias, yo creo que me habría escondido bajo tierra antes que alguien pudiera relacionarme con aquel obrero cubierto de mugre. Me vino, sin embargo, una acometida de ternura por el hombre que todos los días arriesgaba su salud en una fábrica apestosa para sostener a la familia, y corrí hacia él dispuesta a tranquilizarlo con la noticia aliviadora que me había dado mi padre.

Ese hombre grande, fornido, que si se lo hubiera propuesto habría podido, crac, partirme sin dificultad como a un barquillo, era un manso bondadoso, torpe para manifestar sentimientos, sin gusto ni estilo, pero de una enorme humanidad, generoso, apacible, tímido... y un padrazo. Escriba usted bien de él, hágame el favor. A mí me emocionaba hasta las lágrimas verlo sentado en el suelo de casa jugando a los ciclistas de plástico o a las carreras de cochecitos con el Nuco. Me arrancaba una sonrisa esa manera suya de reproducir el ruido del motor poniendo una voz ronca que al niño le gustaba imitar y que era lo menos parecido a un ruido de motor que usted pueda imaginarse.

Aceleré el paso, casi eché a correr. Me urgía comunicar cuanto antes a mi marido la buena nueva de que el Nuco estaba fuera de peligro, al parecer algo rasguñado, según mi padre, pero sin heridas de consideración, ya lo íbamos a ver. De hecho, yo veía al niño en casa esa misma tarde con algún vendaje, quizá con un brazo en cabestrillo, y desde luego con el susto metido en el cuerpo, pobrecito. O a lo mejor lo soltaban mañana por aquello de actuar con prudencia y mantenerlo una noche entera en observación.

Me paré en seco pocos metros antes de abrazarme a José Miguel. Algo entreví en la expresión de su cara que me asustó. ¿Por qué no viene a mi encuentro? ¿Por qué está ahí parado e inclina de pronto la cabeza como si no se atreviera a mirarme a los ojos? Nicasio ha dicho... Cuando se le pasaron los sollozos y pudo hablar, supe que él había llegado en el coche de un compañero hacía cosa de tres cuartos de hora. Había hecho averiguaciones dentro del hospital con ayuda de un conocido suyo que trabajaba de enfermero y había salido a esperarme con la idea de que fuéramos juntos, cuando nos dieran la vez, a identificar el cadáver de nuestro niño.

TAMPOCO cuando les inyectaron el calmante se quiso Mariaje soltar del brazo de su marido. No te separes de mí. Les colocaron a continuación, a él sobre el mono de trabajo, a ella sobre la chaqueta de punto, sendas tiras de esparadrapo a la altura del hombro, en las que podía leerse: SEDADO. No me dejes sola. Esperaron turno en un pasillo con escasa iluminación, en el que se alargaba una hilera de gestos aquietados y ojos llorosos. Nadie hablaba. La luz de los tubos fluorescentes teñía los semblantes de un color céreo. De vez en cuando, Mariaje acercaba la boca a la oreja de José Miguel y susurraba: Vamos juntos, vamos juntos. Tuvieron que mirar diversos cuerpitos inertes antes de reconocer al Nuco por las prendas que vestía y no por la cara, aplastada hasta la desfiguración. Le faltaban los zapatos y le habían puesto las manos una sobre otra encima del vientre, lo que acentuaba la imagen del niño formal que fue el Nuco cuando vivía. Niño tranquilo, poco hablador, con tendencia al retraimiento. Si al menos hubiera fallecido con esa sonrisa de los difuntos que deja en la memoria de los allegados un rastro, siquiera leve, de consuelo. Mariaje le acarició las manos. Se acordó del parto, tan duro, tan doloroso. Y, total, para vivir seis años. Se sentía estafada. Por Dios, por el destino, no sabía. Descontando la cabeza, se veía al niño intacto. Madre al fin, le quitó un poco del polvo que le ensuciaba el jersey y los pantalones, y le ajustó los calcetines. José Miguel no se atrevió a tocarlo. En esto, alguien rompió a llorar. ¿Dónde? Ahí cerca. Era un conocido del pueblo, padre de una alumna de la clase paralela, la del profesor Emilio. Lloraba grande y aparatoso, arrodillado junto a su niña muerta. Quizá no le había hecho efecto la medicación o no le habían administrado la cantidad suficiente. A corta distancia, Mariaje y José Miguel permanecían serios. Confirmaron, serios. Estamparon su firma en un documento y se marcharon, serios. En el pasillo se miraron un instante, como diciendo: ¿Lloras tú primero o lloro yo o lo dejamos para más tarde, cuando se nos haya pasado el efecto de la sedación? Ella dijo: No le hemos dado un beso, ¿volvemos? Él respondió: Ya es tarde, no nos van a dejar pasar. Fuera del hospital, José Miguel constató con su sosería de costumbre: Hemos perdido al niño. Ella, agarrada todavía a su brazo, sacudió la cabeza en señal afirmativa.

DETERMINAR *qué dosis de ficción o de realidad habrá en mí me deja indiferente. Yo no podría impedir que lo mismo que acojo el relato de vivencias individuales, íntimas, intransferibles, se me usase para un tratado historiográfico o un seco reportaje. Aún no se ha inventado un harnero de textos capaz de separar lo inventado por el autor, a menudo de forma involuntaria, y el testimonio verídico.*

Creo que ni siquiera quien me redacta se detiene a pensar qué ha extraído de los documentos y de las revelaciones de la informante, y qué de su propia inventiva o de la aspiración natural de los escritores a consumar lo que en la jerga de ellos se denomina una página lograda, *aunque sea a costa de incurrir en inventos y mistificaciones. ¿Alguno se creerá autorizado a pedirme cuentas cuando los propios responsables de hacer la crónica veraz de lo sucedido en el colegio Marcelino Ugalde se toparon con una montaña de noticias contradictorias y de rumores infundados? Mira, o estás presente en el lugar de los hechos con plena conciencia de lo que ocurre delante de tus ojos o tu versión dependerá por fuerza de versiones ajenas, que a su vez acaso dependan de otras versiones, y estas, de otras.*

Una nota de la agencia Efe publicada al día siguiente del siniestro advierte sobre la confusión que se ha formado en torno a la cifra de fallecidos. Según el Ayuntamiento de Ortuella, fueron sesenta y siete; para la Cruz Roja, setenta, con la posibilidad de agregar más muertos, ya que había heridos en situación crítica. Es razonable pensar que, en las primeras horas, la prisa por transmitir información originase la disparidad de datos.

Hoy sabemos que esos y otros números que entonces se barajaron son erróneos. La nota de la agencia sobre los adultos fallecidos en el accidente tampoco está libre de imprecisiones. En ella se afirma que murieron como consecuencia del accidente tres docentes (murieron dos: un hombre y una mujer), la cocinera del centro (dato correcto) y el fontanero que sin querer provocó la explosión. El fontanero sobrevivió, por lo visto con algunas quemaduras.

Tengo entendido que la cifra total de colegiales fallecidos fue de cincuenta, número redondo que pudiera mover a suspicacias de índole, digamos, narrativa. Hay quienes rebajan esa cantidad a cuarenta y nueve.

Por respeto a las víctimas y al pueblo de Ortuella, es mi deseo contener datos verídicos acerca de todo lo concerniente a las circunstancias de la tragedia. La parte de mí que corresponda a la pura creación literaria me da igual.

QUÉ palo, *maitia*. Qué palo. José Miguel repetía de vez en cuando aquellas palabras y Mariaje, agarrada a su brazo, guardaba silencio, hasta que en una de esas, con su voz más dulce, casi suplicante, manifestó que no hacía falta decir todo el tiempo lo mismo.

A la vuelta del hospital, anduvieron sin rumbo por el pueblo. Lo que menos deseaban era entrar en casa y darse de bruces con la ausencia del Nuco. Al pie de las escaleras de la parroquia, ella le dijo: Espérame aquí, no tardo. Él advirtió: Empieza a llover. Mariaje permaneció cosa de cinco minutos en la iglesia. He entrado en busca de una explicación, una respuesta, no sé, pero ya veo que Dios no atiende la llamada. Y dando un rodeo por estas y las otras calles, ya completamente mojados, se recogieron.

¿Qué hora sería?, ¿las ocho?, ¿las ocho y media?, por ahí, cuando ella dijo que no tenía hambre ni ganas de preparar la cena, que le estaba volviendo la jaqueca y se iba a la cama, pero antes quería llamar por teléfono a su padre, pues imaginaba al pobre hombre solo en su casa, necesitado de consuelo. Y así lo hizo ella y Nicasio, que a juzgar por la voz no daba señales de sentir poca ni mucha pena, preguntó como si tal cosa por el niño, y después que Mariaje le contara que había ido a Cruces con José Miguel a identificar el cuerpo, él se ofreció a llevar al Nuco de nuevo a la mañana siguiente al colegio. A este punto, Mariaje se dio cuenta de que algo raro pasaba con su padre y, en vez de llevarle la contraria, optó por dejarlo con su ilusión o su locura o lo que fuera que se hubiese instalado en el cerebro de ese hombre.

Después se tomó, como antes de salir para el hospital, otras dos aspirinas contra el creciente, ya imparable, dolor de cabeza y se metió en la cama, y allí estaba José Miguel acostado con la cara oculta bajo la almohada, pidiendo perdón, *maitia*, por no poder aguantarse las lágrimas, pero es que esto es un palo muy fuerte, muy fuerte. Habían bajado la persiana con la idea de impedir que les entrara la luz del alumbrado público y estar en completa oscuridad, y descolgado el teléfono, pues temían llamadas caritativas de parientes y conocidos, que no sé a ti, pero a mí hablar y responder preguntas es lo último que me apetece.

Mientras se desvestía, Mariaje vio encima de una silla el mono de trabajo de él hecho una pelota y, en el suelo, sus calzoncillos, sus calcetines y su camiseta interior. De aquellas prendas se desprendía un tufo a grasa de fábrica que perseguía a José Miguel a todas partes, aunque se duchara y se rociase con abundante agua de colonia. Y él dijo en un momento de recobrada entereza que no estaba seguro de si debía ir a trabajar al día siguiente. Por el duelo y eso. Que qué pensaba ella. Mariaje supuso que a los afectados les darían libre. Era lo más razonable y lo más humano, pero aun así él no lo tenía del todo claro. Se hablaba de despidos por causa de la crisis y prefería no arriesgarse. Pues, chico, entonces te marchas al trabajo, porque tampoco vas a arreglar nada quedándote aquí, da lo mismo que llores en un lado o en otro, y con el entierro y eso ya veremos, imagino que el Ayuntamiento o alguna autoridad se hará cargo, pues es lo que nos faltaba, que después de dejarnos sin hijo nos hagan pagar los gastos de la funeraria. ¿Y dónde lo enterramos? Pues en el cementerio, vaya una pregunta.

EN la cama, estuve evocando escenas de nuestra vida familiar. Se podía ver al Nuco en todas ellas. Dormida o despierta, esto yo no sabría precisarlo, recordé el parto difícil; volví a estrechar al niño en mis brazos, tan frágil, tan gracioso, tan guapito desde el principio de su corta existencia; lo escuché pronunciar su primera palabra; lo vi dar sus primeros, inseguros pasos; le peiné los rizos; le limpié con un pañuelo el morrito sucio de papilla, y todas las secuencias terminaban sin excepción en el momento de la última despedida, cuando el Nuco salió de casa de la mano de mi padre rumbo al colegio.

Esa escena la soñé o la pensé docenas de veces durante la noche, hasta que un augurio funesto detuvo el carrusel de imágenes. Me figuré de pronto que la jaqueca que me había vuelto antes de acostarme era para siempre, para todas las horas y todos los minutos que me restaban por vivir. En adelante, el dolor taladraría sin descanso mi cerebro. Mi única ocupación diaria consistiría en sufrir. No podría emprender ninguna actividad, ni tan siquiera la más simple de las simples, porque mi tiempo y mis fuerzas los acapararía por entero el sufrimiento. Encerrada en la cárcel de mi dolor, nunca más me sería posible ponerme de pie, bajar a la calle, ver las nubes y los árboles. ¿Se hace usted una idea? Del susto me desperté o salí de mi duermevela o mi modorra con una sacudida de pánico. A todo esto, me fijé en que entraba luz por la rendija de la puerta. Encendida la lámpara, comprobé que eran las tres y veinte de la madrugada y que José Miguel no estaba a mi lado. También comprobé, imagínese con cuánto alivio, que se me había pasado la jaqueca.

De camino al cuarto de baño, sorprendí a mi marido en la sala, sentado a la mesa sobre la que había extendido una gran cantidad de fotografías, sacadas de una vieja caja de galletas donde las guardábamos. Tenía el mentón apoyado en las manos y estaba de tal manera inmóvil que al pronto pensé que dormía. ¿Qué haces? No respondió. Supuse que, como yo en sueños o en pensamientos, él sostenía su lucha particular contra la pena, de forma que opté por no entrometerme en sus cavilaciones y fui a lo mío al cuarto de baño. A la vuelta, me pidió que tomara asiento frente a él. Le confieso que me intimidaron su firmeza y su seriedad. No estaba acostumbrada a que me diese órdenes, lo cual no quiere decir que aquello fuera una orden, pero lo parecía. Y por un instante temí que se dispusiera a comunicarme una decisión drástica que cambiaría nuestras vidas no precisamente para bien.

Las fotografías estaban dispuestas en filas sobre la mesa. Se notaba el cuidado con que José Miguel las había colocado una al lado de la otra. Deduje que debía de llevar un buen rato despierto, si es que había podido dormir siquiera un poco. No creí oportuno preguntárselo. Había algo en su cara, ignoro qué, una misteriosa gravedad, una calma imperturbable, que me producía inquietud. Sin decir una palabra, me senté donde él me había indicado, sorprendida de la autoridad de su mirada, pues a mi marido, créame, hombre de suyo dócil, no le iba eso de ejercer el mando, ni conmigo ni con nadie, tampoco con el niño cuando lo teníamos.

Lo primero que dijo, de forma un tanto atropellada, fue que por nada del mundo debíamos permitir que nos derrotase la tristeza. No me acuerdo con exactitud de sus palabras. Hablaba bajito, en consideración a los vecinos. No vaya a pensar usted que mi José Miguel era un hombre leído ni brillante. Sin embargo, sabía expresarse; si me apura, mejor que muchas personas que salen hoy día en las tertulias de televisión. Mostraba haber reflexionado a conciencia sobre lo que quería manifestar y que tenía las ideas claras. Nada de depresiones, dijo en un momento dado. A toda costa deseaba persuadirme a que hiciéramos un esfuerzo para superar el golpe salvaje que nos había arreado la vida, sin olvidarnos del Nuco, eso no, pero mirando al mismo tiempo hacia el futuro. *Maitia,* de esta hay que salir como sea. Insistió en que teníamos que permanecer unidos y querernos y ayudarnos. Aquello fue demasiado para mí. Me emocioné y él, al ver mis lágrimas, me pidió perdón. Enseguida vino a rodearme con sus brazos enormes y me besó como no me había besado nunca, que siempre, desde que lo conocí, me tentó preguntarle si sentía miedo de hacerme daño con los labios. Pero aquella noche, en la sala, me los plantó en la mejilla con una fuerza llena de resolución y de cariño bruto y sincero. Le dije que me parecía muy bonito su modo de darme ánimos y de transmitirme fortaleza, y, por supuesto, acepté la idea de seguir juntos y tratar entre los dos de superar nuestra desgracia.

Y cuando, recobrada la serenidad, me volvía llena de confusión y de cansancio al dormitorio, José Miguel me preguntó por detrás, de sopetón, si yo estaba de acuerdo en que tuviéramos otro hijo. Me volví igual que si me hubiesen disparado por la espalda y quisiera verle la cara al agresor antes de desplomarme. ¿Tú crees? Con el Nuco tardamos mucho tiempo hasta que la cosa funcionó, ¿te acuerdas? No había duda de que José Miguel hablaba en serio. Mujer, no seas pesimista; a lo mejor esta vez tenemos más suerte. Le pregunté que cuándo quería que lo intentásemos. Balbuciente, tímido, respondió que cuando a mí me pareciese bien. Entonces le dije que se dejara de fotografías y viniera conmigo a la cama.

AL día siguiente del trágico acontecimiento, por la mañana, Nicasio se presentó en el piso de Mariaje a la hora en que, no todos los días, pero a menudo, solía buscar al niño para acompañarlo al colegio. Las fotografías continuaban esparcidas sobre la mesa de la sala. Él levantó alguna que otra con el fin de observarlas de cerca y las fue restituyendo a su sitio sin decir una palabra. Ningún comentario sobre las fotografías, ninguna alusión a la pérdida del Nuco.

Como si fuera una jornada de tantas, Nicasio trajo de la calle una barra de pan. Acostumbraba comprarlas de camino a casa de su hija pensando en que a su nieto no le faltase pan tierno para el bocadillo del recreo. Esta vez no se produjo entre hija y padre uno de sus típicos diálogos. Lo mimas demasiado, queda pan de ayer. Y más que lo voy a mimar, no tengo otro nieto.

A primera hora de la mañana, la barra recién comprada aún conservaba algo del calor del horno. Nicasio la depositó en la encimera de la cocina. No tenías que haberte molestado. Le tentó añadir que, con el niño en la morgue, ¿qué sentido tenía traerle pan? Quizá el hombre, desorientado e incapaz de comprender, se había dejado llevar por una inercia cotidiana. En cualquier caso, él se abstuvo de ofrecer explicaciones y Mariaje de pedírselas.

No se apreciaban en Nicasio síntomas de duelo. Parecía falto de vitalidad, no exactamente apático, pero tardo en sus movimientos y menos, bastante menos hablador que otros días. ¿No le estará empezando la enfermedad esa que borra la memoria de las personas mayores? Nicasio, cosa inusual, se interesó por José Miguel. Se ha ido a trabajar; a lo mejor le dan libre y vuelve a casa. Y, a continuación, Nicasio nombró por vez primera desde su llegada al Nuco para preguntar si ya estaba preparado. Se hizo el silencio entre el padre y la hija. Mariaje, sorprendida, no supo cómo reaccionar. Le subió de pronto a la garganta un conato de ira; pero lo supo contener. ¿Me viene ahora con bromas macabras o qué? Durante unos instantes, ella escudriñó la cara de su padre con más lástima que reproche: las cejas entrecanas, la tez surcada de arrugas, las ojeras, los labios secos y otras huellas propias de su edad.

La intuición aconsejó a Mariaje seguirle el juego a su padre o al menos no llevarle la contraria ni forzarlo a reconocer la incoherencia de su comportamiento. Si se daba el caso de que Nicasio, de manera consciente o involuntaria, estuviese poniendo en práctica una estrategia de autosugestión, tarde o temprano la realidad se le impondría. Y si el hombre padecía algún tipo de problema mental, ya se vería el modo de ayudarle.

Bueno, nos vamos, que no queremos llegar tarde. Mariaje decidió poner a su padre a prueba. Nicasio ya había enfilado el pasillo hacia la puerta de casa. ¿Te vas sin el bocadillo? Ah, pues no me había dado cuenta. Ella arrancó a un metro de él un pedazo de la barra y se lo tendió así como estaba, sin nada dentro, ni el fiambre, el queso o el dulce de membrillo de costumbre. Ni siquiera se tomó la molestia de envolverlo. Nicasio se lo metió como si tal cosa en un bolsillo de la gabardina y, luego de una despedida sin efusión, salió de la vivienda.

TARDE de lluvia y los coches se iban sucediendo, uno y otro y otro, cada uno con su respectiva carga de muerte infantil. A los lados de la calzada se apretaba, bajo un bosque de paraguas, la multitud silenciosa. Los ataúdes blancos fueron colocados en largas filas, con dos coronas de flores cada uno de ellos sobre la tapa. Negros y más grandes eran los que contenían los restos mortales de los tres adultos fallecidos a consecuencia de la explosión. La ola de solidaridad floral llegó a tal extremo que hubo que repartir las coronas por diversos lugares del espacioso recinto. Muchas de ellas colgaban de las paredes y de las estructuras metálicas que sostenían el techo. Se dijera que la abundancia de flores obedecía al propósito de ocultar la crudeza dramática del momento. Las coronas parecían pedir un perdón de colores a los niños muertos por no haber sido debidamente protegidos. Dos sacerdotes oficiaron la misa de funeral en una nave de los antiguos Talleres Noguera, en la zona baja del pueblo, no lejos de las minas. El acto religioso comenzó con retraso. No faltaron por dicho motivo las protestas: Qué poco fundamento, esto es un caos, etc. Los medios de comunicación mencionaron al día siguiente cifras de entre siete y ocho mil asistentes. Imposible alojar semejante masa humana en una iglesia. Ningún familiar del Nuco acudió a las exequias; aunque allí estaba el niño dentro de su correspondiente caja blanca guarnecida de flores.

ERAN días en los que no sonaba música ni barullo festivo en los bares. Como si se sintieran compelidos por un acuerdo tácito, los vecinos de Ortuella conversaban a media voz. Las nubes de otoño se sucedían sobre sus cabezas, dejando a su paso, por las calles, en las miradas, una nota borrosa y opresiva. Llovió bastante por aquel entonces. Las gotas de lluvia parecían empeñadas en traspasar con su frío luctuoso los atuendos y los cuerpos. En las horas desapacibles, se veían los suelos sembrados de charcos tristes. Desde el día del accidente, el pueblo entero se había transmutado en un animal enorme de casas, encogido, pesaroso, susurrante.

Una mañana de sol débil, durante una breve tregua del mal tiempo, Nicasio salió a caminar y tomó asiento en un banco público, al final de una calle empinada. Corto de respiración, se ahogaba. Y un conocido que pasaba por allí se sorprendió al percatarse de que el viejo jubilado gesticulaba extrañamente. Se rumoreaba en el pueblo que Nicasio, a consecuencia de la muerte de su nieto, no andaba bien de la cabeza. Movido de amistosa compasión, el conocido se detuvo a su lado y le preguntó si podía hacer algo por él. A Nicasio se le enfadaron las cejas. Con ostensible mal humor, respondió a quien amablemente le había dirigido la palabra que sí, que le haría un gran favor, un inmenso favor, si se perdía de vista cuanto antes. Tras lo cual, de nuevo a solas, reanudó la plática que mantenía en voz baja con el Nuco.

Adoptando un tono afable, Nicasio le dijo al niño que ya era tarde para volver atrás; que, una vez que habían salido de casa con la cartera, los libros y el bocadillo, no quedaba más remedio que enfrentarse a lo inevitable y subir al colegio, lo que no quita para que el Nuco tuviera cuidado y fuera astuto. Con ese fin, escúchame bien, le dio una serie de consejos sobre cómo debía conducirse antes de la explosión. Porque supongo que tú quieres sobrevivir, ¿no? ¿O prefieres acabar en un nicho del cementerio como los demás niños de la clase? Le explicó a continuación que el estallido se produciría poco después del recreo. La pared exterior saldría violentamente despedida y el suelo del aula se hundiría. Así que tú, cuando volváis del recreo, te metes callandito debajo de la mesa de la maestra y te estás ahí agazapado hasta que yo vaya a sacarte. ¿Has entendido? Repito. ¿Has entendido? Mira que tu vida depende de que me hagas caso. Cuando estés a cubierto, no tengas miedo de que la maestra te riña y mucho menos de que te castigue porque, ya te lo digo yo ahora, se va a morir.

En esto, Nicasio vio que se acercaba otra persona del barrio y, suponiendo que no pasaría de largo sin hablarle, se levantó del banco y, a la velocidad que le permitían la respiración y las piernas, se metió por una calle lateral en busca de un sitio tranquilo donde pudiera seguir dándole instrucciones a su nieto sin que nadie lo interrumpiese.

UN jueves por la mañana, desde lo alto de la escalera que se alarga al costado del columbario, Nicasio vio a su llegada a un tipo con capucha, fuerte, musculoso, de unos treinta años, quizá un poco más, parado ante la lápida del Nuco. Tardó un rato en reconocerlo. Al principio pensó que estaría visitando a la criatura sepultada inmediatamente encima o debajo de su nieto, aunque lo cierto es que no apartaba la mirada del nicho del niño, que además le quedaba al par de los ojos. Como de costumbre en tales casos, a Nicasio, deseoso de soledad, no le apetecía trabar conversación y prefirió, después de observar al tipo cosa de un minuto a escondidas, darse un garbeo por el cementerio en espera de que aquel se marchara. Una semana después, lo encontró en el mismo lugar, de nuevo con la capucha subida. Tampoco en esta ocasión quiso dirigirle la palabra.

El primero de los dos jueves, Nicasio sorprendió al tipo fumando con la cara próxima al nicho del Nuco, de tal manera que el humo expelido por su boca daba de lleno en el vidrio protector. A Nicasio le sobrevino un pronto de ira. Faltó un pelo para que, desde lo alto de la escalera, se soltase a increpar al malnacido; pero se contuvo al percatarse de quién era: el chaval ese empleado en un taller de carrocería que tiempo después tuvo que cerrar a causa de la crisis. ¿Cómo se llama? Richi. ¿Richi? Sí, exacto, el Richi. ¿Y qué puñetas hace aquí y por qué, si no llueve y no sopla ni gorda de viento, lleva puesta la capucha? Nicasio no sintió necesidad de preguntárselo y, más tarde, cuando volvió de su paseo entre las tumbas, el carrocero ya no estaba.

El jueves siguiente, Nicasio encontró de nuevo al Richi en el cementerio. Esta vez lo vio colocar un ramillete de flores frescas en un macetero fijado a la portezuela del nicho de su nieto. Nicasio supuso que la acción del Richi estaría relacionada con la amistad que lo unía a José Miguel. Probablemente el carrocero era buena persona, con tendencia a la compasión. Se lo podría haber preguntado, pero ¿para qué? Allá cada cual con sus emociones. Así que en lugar de acercarse a él e interrumpir sus pensamientos y quizá, quién sabe, sus oraciones, Nicasio prefirió espiarlo un rato. El Richi, colocadas las flores, encendió un cigarrillo y, mientras lo fumaba con calma, se dedicó a recorrer con la mirada las filas de lápidas del columbario. Iba, venía y, de pronto, al volver la cabeza se apercibió de la presencia de Nicasio a resguardo de un panteón, por más que el hombre trató de ocultarse a toda prisa. El Richi se alejó sin demora en la dirección contraria.

En los meses posteriores, Nicasio se cruzó dos o tres veces con él por las calles de Ortuella, no así en el cementerio, donde ya no lo volvió a ver nunca más. El tipo le inspiraba cierta antipatía, no sabría decir por qué, a tal punto que en todos los encuentros evitó mirarle a los ojos para no tener que saludarlo. Una de aquellas veces se preguntó si al carrocero lo habría empujado al columbario de los niños algún tipo de atracción morbosa. Ya se sabe que en este mundo hay gente para todo.

SALVO en una ocasión, a los dos días del accidente, por aquello de poner en orden y retirar la ropa sucia y algún resto de comida o de bebida, ni Mariaje ni José Miguel tuvieron ánimo (¿coraje?) de entrar en la habitación del Nuco, que permaneció a oscuras, con la puerta cerrada, por espacio de casi dos semanas.

Sola en casa, abrazada al pijama de su hijo, a Mariaje le sobrevino un pujo de llanto. Trató de ahogar los sollozos apretando la cara contra la prenda de colores; pero el tacto y el olor no hicieron sino agravar su congoja. Me gustaría llorar, llorar libremente, a grito limpio, llenar la casa de lágrimas, formar un río de lágrimas; pero no me atrevo, me da vergüenza, ¿por qué soy así? ¿Temo la curiosidad y los chismorreos del vecindario? Pobrecilla, la Mariaje; primero se trastornó su padre y ahora le ha tocado a ella.

A toda prisa introdujo el último pijama usado por el Nuco en la lavadora, aunque no estaba sucio ni mucho menos. Ella pensó que quizá, apartándolo de su vista, lograría deshacerse del torbellino de emociones que la prenda le suscitaba. Mi niño, susurró tan pronto como el tambor de la lavadora comenzó a dar vueltas. Mi niño, repitió en voz más alta. Y también: Qué injusto es todo esto.

No recobró la calma hasta después de sacar el pijama de la lavadora y meterlo, empapado como estaba, en una bolsa de plástico. Se apresuró a cerrarla y la escondió debajo del fregadero, en el armario de cocina donde guardaba los utensilios de la limpieza; pero la maldita bolsa no se le iba del pensamiento y, como ya le empezaba a angustiar más de la cuenta, terminó bajándola a la calle con el resto de la basura.

UNA noche, durante la cena, Mariaje y José Miguel se percataron de que cada uno por su parte había estado preguntándose qué hacer con las pertenencias del Nuco. José Miguel se mostraba indeciso. Todo no se puede guardar, ya lo sé; pero siento que si no guardamos nada será como un intento de borrar al niño de nuestra memoria. Cada vez que su marido se explayaba en la conversación, ella reaccionaba con agresividad. No podía evitarlo. Oye, ¿tú por qué masticas tan fuerte? ¿Cómo quieres que mastique? Obtenido el silencio de él mediante aquel brusco cambio de tema, Mariaje replicó que los recuerdos se guardan aquí. Y, al decir *aquí,* se colocó con ademán enérgico la mano en el lugar del corazón.

Ella era partidaria de vaciar por completo el dormitorio del niño y donar los muebles, la ropa, el calzado, los juguetes y cuantos cachivaches hubiera allá dentro a alguna institución benéfica. ¿Qué opinas? Di algo.

Ella se le adelantó con su propia respuesta. Si el Nuco no puede disfrutar de sus cosas, cabe la posibilidad de que las aprovechen hijos de familias con pocos recursos económicos, ¿no te parece? Mariaje no estaba dispuesta a convertir la habitación del niño en un museo abarrotado de objetos que reavivarían su tristeza, terminarían cubiertos de polvo y darían pie a que Nicasio continuara con la chaladura de negar la muerte del Nuco. Aunque seguía con la duda, José Miguel consideró válidos los argumentos de su mujer. Convinieron en conservar tan solamente las fotografías.

A la mañana siguiente, Mariaje bajó al sótano en busca de unas cajas de cartón de cuando la mudanza. No eran suficientes, pero eran bastantes. Mientras las apilaba en el suelo, llamó su atención una vieja maleta de mimbre donde conservaba algunas pertenencias de su madre; no muchas: media docena de pañuelos bordados con primor por la difunta cuando era joven y vivía en Plasencia, el abanico de encaje heredado de su madre, quien a su vez lo había recibido de la suya, y, en fin, diversos objetos sin más valor que el sentimental, así como un pequeño crucifijo de artesanía labrado en madera de olivo. La maleta estaba sobre una de las baldas fijadas a la pared, entre los frascos de tomate frito que la propia Mariaje preparaba y los aperos de pesca de José Miguel. Mirando las reliquias maternas, Mariaje pensó que su marido tenía razón y no sería mala idea guardar en el sótano, donde no los tuvieran que ver a todas horas, dos o tres recuerdos del Nuco para que algo quedase del pobre niño. Sacó entretanto de la maleta el crucifijo. Se acordó a este punto de las manos de su madre, pálidas, decrépitas, cuando lo sostenían sin apenas fuerzas en el lecho de muerte. ¿Qué te cuesta mandarme una señal? Ganarías una creyente, la más devota de tu grey. Te lo juro. Metió el crucifijo, después de besarlo, en un bolsillo de la chaqueta y se dispuso a sacar las cajas de cartón al pasillo.

OTRA duda que preocupaba a Mariaje y José Miguel por aquellas fechas era si convenía o no revelarle a Nicasio el propósito de vaciar el dormitorio del niño. Temían su reacción; reacción impredecible puesto que el hombre rechazaba cualquier explicación, propuesta o sugerencia contrarias a la fantasía en que se había instalado. Todo lo que tuviera que ver con el Nuco llevaba a Nicasio a un estado de excitación que rápidamente podía conducir a un estallido de furia. A mi padre le da un telele como se entere de que nos hemos desprendido a sus espaldas de las pertenencias del Nuco. José Miguel completó: Peor aún, pensará que ahora sí que su nieto ha muerto y que lo hemos matado nosotros. ¿Insinúas que mi padre está como una cabra? No lo insinúo, *maitia,* lo aseguro. Mariaje apretó los labios con enojo, dispuesta a rebatir la afirmación de su marido; pero lo cierto es que no encontró las palabras adecuadas.

Acordaron jugar limpio con Nicasio. Lo pondrían al corriente del plan y le permitirían llevarse a su casa cuantos recuerdos del niño quisiera conservar. Ellos harían con el resto lo que les pareciese oportuno. Tú te encargas de decírselo, ¿eh?, que para algo eres su hija.

A la mañana siguiente, Nicasio apareció en la vivienda a la hora acostumbrada, con su barra de pan tierno y su pretensión absurda de acompañar al Nuco a un colegio de Sestao. Una vez más, Mariaje, por un lado compadecida, por otro deseosa de evitar disputas, le siguió la corriente a su padre, aunque hasta cierto punto, pues no le ocultó que los objetos y muebles del Nuco que él no se llevase irían destinados a la beneficencia o bien a la basura en el caso de que no se pudieran aprovechar. Conque ya lo sabes, entra en el dormitorio del niño, coge lo que quieras y, si necesitas bolsas, me avisas. Le ofreció la posibilidad de que José Miguel, a la vuelta de la fábrica, se encargase de acarrear los bultos.

Al cabo de un rato, Nicasio se reunió con su hija en la cocina y le contó que un principio de lumbago le impedía agacharse y hacer esfuerzo. Si por favor le podía indicar dónde estaba la equipación del Athletic que él había regalado al Nuco por su último cumpleaños. Mariaje encontró la camiseta rojiblanca de talla infantil, las medias y el pantaloncito negro en el cajón de una cómoda, además de una camiseta oficial, todo un tesoro para el niño, firmada con rotulador y letra apenas legible por su ídolo, Manu Sarabia; en otro cajón las botas de fútbol y, en el armario ropero, la colcha con los colores y el escudo del equipo.

Al entregarle las prendas a su padre, le preguntó si le bastaba con ellas o quería llevarse más cosas, a lo que Nicasio respondió que deseaba registrar la habitación a fondo, pero que no estaba en condiciones de levantar peso ni doblar la espalda, y le pidió a su hija un plazo de dos días. Mariaje accedió. Pasado ese tiempo, estando ella sola en casa, sonó el timbre ya cerca del mediodía; abrió la puerta y, con gran asombro, vio que su padre venía acompañado de tres operarios de una empresa de mudanzas. Estos señores están aquí para ayudarme. Y en cuestión de una hora sobre poco más o menos bajaron a un furgón aparcado delante del portal todos los enseres y pertenencias del niño hasta dejar la habitación vacía. No perdonaron ni las cortinas ni la lámpara del techo. Después trasladaron la carga al piso de Nicasio, donde, siguiendo sus instrucciones, lograron con bastante fidelidad reconstruir el dormitorio del Nuco.

ES responsabilidad de quien me escribe que yo exprese estas o las otras cosas y las exprese de una u otra manera; también, por descontado, que deje fuera de mí lo que juzgue oportuno silenciar. En cualquier caso, celebro su decisión de no sobrecargarme con descripciones prolijas ni con análisis abstrusos relativos a la psicología de los personajes o a la situación social de la época. Cuando mi autor tomó las decisiones de carácter formal previas al trabajo de escritura, me aseguró en sus apuntes preparatorios que se serviría de mí para componer una novela corta. En cada episodio, me dijo por escrito, narrarás lo imprescindible y yo me ocuparé de que no contengas un solo vocablo superfluo. Merece por eso mi aprobación el que me haya eximido, en este punto de la historia, de una secuencia redactada días atrás, de casi dos páginas, donde Mariaje daba cuenta de sus escalofríos y sudores el día en que visitó por vez primera la habitación de su hijo reproducida en la vivienda de Nicasio. Una sensación de vértigo la obligó a sentarse con urgencia en el suelo, conven-

cida de que se desplomaría antes que a su padre le diera tiempo de acercarle una silla. A mí todo aquello se me figuraba un tanto melodramático, aun cuando tengo entendido que la escena ocurrió en la vida real. La misma secuencia mencionaba unas cuantas equivocaciones cometidas por Nicasio en la colocación de los muebles y los adornos. ¿A quién interesan tales minucias? Yo habría conservado las frases donde Mariaje contaba que su padre dejó de ir por las mañanas a casa de ella con la barra de pan. Se supone que Nicasio tenía ahora al nieto consigo y, desde su propio domicilio o sin salir de él, podía acompañarlo hasta el colegio imaginario. Eso, ya digo, yo lo habría dejado tal como estaba porque entiendo que aportaba hondura humana al relato. En cambio, me pareció un acierto suprimir el pasaje donde se especulaba sobre la posibilidad de que la ofuscación del viejo jubilado fuese fingida.

EL despertador de José Miguel empezó a lanzar pitidos en la oscuridad. Eran las cinco de la madrugada, hora para él de levantarse cuando le tocaba trabajar en el turno de mañana. Se apresuró a detener el sonido desagradable antes que Mariaje, acostada a su lado, se desvelara. A ella la musiquilla del despertador le resultaba tan familiar que era capaz de oírla sin despertarse. A veces, con la luz apagada, intercambiaba unas pocas palabras soñolientas con su marido, recibía de él un beso en la mejilla o en la frente y continuaba dormida como si tal cosa; pero desde la muerte del Nuco no era raro que pasase en blanco largos tramos de la noche, atrapada en un remolino de recuerdos y cavilaciones, si no es que se llegaba con sigilo a la cocina, donde, sentada en una silla delante de la nevera, con la puerta abierta, le daba por comer y beber lo que pillara: yogures, lonchas de embutido, leche, lo que hubiera...

Esta vez, cuando sonó el despertador, ella estaba tumbada boca arriba, con los brazos cruzados sobre el vientre y los ojos abiertos. José Miguel juraría que había oído susurrar a su mujer durante la noche. ¿O lo he soñado? Y a la luz macilenta de la lámpara de la mesilla, Mariaje le mostró el pequeño crucifijo de madera de olivo que en viejos tiempos perteneció a su madre. ¿Rezas? No exactamente. Le pregunto a Dios si existe y si, en nuestra actual situación, nos podría favorecer un poco. ¿Favorecer? A buenas horas. Calla, nunca se sabe. Sería bonito que el niño fuera algo más que un esqueleto dentro de una caja blanca y que ahora mismo estuviera brincando y pasándoselo pipa con otros niños en el paraíso.

Él no acababa de entender esta calentura religiosa que te ha entrado de repente, *maitia*, y que me recuerda mucho a tu madre. Con lo atea que tú has sido... Pero, en fin, si te consuela y te alivia, dale duro a la devoción. A lo que ella respondió que, efectivamente, a este paso se iba a volver o santa o loca o las dos cosas a la vez, y le rogó que antes de salir para la fábrica escondiera el crucifijo en algún lugar del piso, en uno donde no resultara fácil encontrarlo, pues después, nada más levantarse, lo primero que iba a hacer era buscarlo. ¿Y por qué no lo tiras a la basura? Es la mejor manera de perderlo de vista, si es eso lo que quieres. Pero ella insistió en que lo escondiera y él, por darle gusto, así lo hizo.

ME levanté tarde. El marido en la fábrica, el niño en el cementerio, ¿qué puede hacer una para llenar las horas? ¿Limpiar la casa y comer? ¿Planchar camisas y comer? ¿Comer y comer? El espejo del cuarto de baño me devolvía cada día una cara más ancha, un cuello más fofo. Mejor me quedo en la cama. En la cama está una más lejos de la comida y del espejo, y no se llora tanto. Yo, al menos, en la cama no lloraba tanto como levantada. Lloraba de pronto, sin una causa concreta, como para hacerme el ánimo de que vertiendo lágrimas no permanecía ociosa. Sentía un cansancio crónico, en parte, claro está, porque dormía mal, si es que a lo mío se le puede llamar dormir, y durante el día me faltaba hasta la más pequeña motivación para emprender alguna actividad, movimiento, tarea. Nunca me he vuelto a sentir tan vacía como en las semanas que siguieron al accidente del colegio. No fui la única, se lo aseguro. Yo bien sé que mucha gente en el pueblo lo pasó fatal.

Por esos días de luto me surgió la posibilidad de volver a trabajar con mi amiga Garbiñe, propietaria de una peluquería en el centro de Baracaldo. De joven, antes de casarme, hicimos las dos juntas el aprendizaje. No se nos daba mal. Y ella, más valiente y con más iniciativa que yo, pidió un préstamo y se estableció, y, aunque no nadaba en millones, a fuerza de matarse a trabajar salió adelante. Todavía, después de casarme, yo le echaba de vez en cuando una mano, los sábados sobre todo y en vísperas de fechas señaladas. Lo hacía por no aburrirme, por no olvidar los trucos del oficio y por la sensación grata de ganar mis propias pesetillas. José Miguel nunca me puso peros. Luego me quedé embarazada y lo dejé, con mucha pena de Garbiñe.

Cuando perdí al niño, ella vino un domingo a casa a darme el pésame, lloró más que yo, hablamos y hablamos y, en un momento dado, me planteó la idea de compartir conmigo a medias el negocio de la peluquería y de paso ampliarlo. En un principio decliné por inseguridad; inseguridad causada, claro está, por la falta de dinero. Ella me sugirió que solicitase un crédito. No sé, le dije, lo tendría que hablar con José Miguel. Ahí quedó el asunto, pero luego pasó el tiempo y pasaron ciertas cosas que ya le iré contando a usted; por fin cobré los dos millones de indemnización que me dieron por la muerte del Nuco y empleé esa cantidad, añadida a un pequeño crédito del banco, en hacerme copropietaria de la peluquería.

PERO, como le iba diciendo, me levanté tarde. Por delante de mí se alargaba una jornada entera de inactividad, de absoluta falta de estímulos, en la que nuevamente comería en exceso y se me saltarían las lágrimas de cuando en cuando. Perdone que me ponga tan negativa. No lo puedo evitar. ¿Sabe a qué me recordaban aquellos días entre la explosión en el colegio y el final del invierno? A las carreteras rectas de Norteamérica que se ven en algunas películas. Atraviesan un paisaje árido y se pierden en una rampa a lo lejos. Una sabe que al final de la recta empieza otra similar y después otra y otra. Y yo me imaginaba a mí misma caminando por una de esas carreteras polvorientas para dirigirme ¿adónde? Me daba lo mismo ir a un sitio o no ir a ninguno. Así y todo, no podía detenerme porque la vida es precisamente eso, moverse, respirar lo queramos o no, abrir y cerrar los párpados sin darnos cuenta y marchar, hala, venga, hacia la siguiente prolongación de la ruta con la esperanza de encontrar detrás del horizonte una razón, un objetivo, quizá un punto de llegada.

Sin desprenderme del pijama ni calzarme, salí del dormitorio en busca del crucifijo. En la estantería de la sala teníamos una fotografía enmarcada del Nuco al poco de cumplir los cuatro años. El retrato mostraba a mi hijo con una sonrisa encantadora y unos ojos preciosos. De verdad, no lo digo porque fuera yo la madre. ¡Qué hermosa criatura con su flequillo, sus mejillas lisas y los dientecitos que asomaban en medio de la sonrisa! Y, sin embargo, la suma de todos los rasgos risueños componía un gesto ligeramente triste, como si el Nuco supiera a edad temprana que no viviría mucho tiempo y se esforzara por ocultárnoslo poniendo buena cara, ¿me entiende usted? Fui derecha a la fotografía. Me paré delante. Le rogué a Dios que por favor el crucifijo no estuviese detrás, que una decepción tan grande me iba a hacer mucho daño. Le aseguro que fue el único lugar donde miré. En realidad, no miré. Alargué la mano y, sin el auxilio de la vista, el tacto me confirmó lo que temía. No hacía ni un minuto que me había levantado de la cama.

¿Por qué me tuve yo que casar con ese hombre? A mis padres les parecía un excelente partido y es posible que, desde su idea particular del matrimonio, tuvieran razón. José Miguel les ofrecía una imagen de hombre aplomado. Es trabajador, buena persona, no levanta la voz, no fuma y no bebe, decían. Mi madre: Es un corderito, lo manejarás. Pues sí. Por ese lado no había nada que reprocharle a José Miguel. Un santo. Un pedazo de pan. Y yo le agradecería a usted que destacase su bondad en lo que escriba. Pero ya le digo, lo que tenía de tranquilo lo tenía de soso. Noble hasta decir basta, pero inseguro y, sobre todo, un as del aburrimiento. No he conocido nunca a nadie con tan poca imaginación ni con menos arranque. ¿Elegancia, porte, estilo? Ni por asomo. ¿Sensualidad? Cero. Y lo que más rabia me daba es que yo no podía aborrecer a mi marido sin sentirme la persona más miserable del mundo.

Conque, después de pensármelo un rato, decidí dejar el crucifijo detrás de la fotografía. No por nada, sino para hacerle creer a José Miguel que lo había escondido con tanta maña que, a pesar de registrar hasta el último recoveco de la vivienda, no me había sido posible encontrarlo.

Candelaria atribuía sus reiterados aunque leves achaques al influjo negativo de estas tierras húmedas que nunca percibió como propias. Un día, en medio de una conversación sobre asuntos domésticos, le dijo de sopetón a su marido, sin que viniera poco ni mucho a cuento, que nunca debimos salir de Plasencia, soy una desterrada. Mujer, un poco de aquí también somos. De aquí serás tú.

El caso es que Nicasio, en los años cuarenta, de profesión lo que salga, supo por un conocido de su pueblo que la empresa de Vizcaya donde estaba empleado buscaba a toda costa mano de obra y no pagaba malos salarios, al menos en comparación con lo que podía ganarse en Plasencia encadenando chapucillas de albañil y de lo que se terciase. El conocido hizo de intermediario con la dirección de la referida empresa, la Compañía Española de Minas de Somorrostro, que puso como única condición que el aspirante se incorporara al trabajo sin pérdida de tiempo. Nicasio se lo contó a su novia, cinco años más joven que él, en la esperanza de que ella lo acompañara en la aventura. ¿Sin casarnos? Y en sus primeras vacaciones de obrero raso, él volvió al pueblo, contrajo matrimonio con Candelaria en la iglesia de San Esteban y se la llevó a Ortuella, donde pasados unos años nació Mariaje.

Tú, hija mía, ¿te sientes vasca?

A ratos.

Candelaria nunca logró adaptarse a su nueva residencia. Ni pudo ni quiso. Alegaba una ristra de razones: el clima de la zona, al que culpaba de su artritis; las lluvias frecuentes, que la ponían de mal humor y la deprimían; el pueblo, que le parecía mucho más feo que el suyo, y los lugareños, con los que, salvo excepciones, no congeniaba. Y como para hacerle pagar a Nicasio aquella colección de problemas y sinsabores, le llenaba los oídos de quejas, dándole a entender que él era el responsable de su insatisfacción, de la nostalgia que la corroía por dentro y de sus rachas de malestar físico por haberla sacado de Plasencia. Vamos, mujer, allí seríamos más pobres que las ratas. Sí, pobres, pero felices.

Las suyas eran por lo general indisposiciones de poco momento. Tan sólo en una ocasión se llevó un susto de muerte. Fue al poco de establecerse en Ortuella y antes del nacimiento de Mariaje. Sucedió que hubo de ser hospitalizada de urgencia por causa de una intoxicación alimentaria de la que, atendida debidamente, se recuperó por completo en breve tiempo. No volvió a probar los mejillones nunca más.

Candelaria llegó a los cincuenta y cinco años sin haber experimentado serios quebrantos de salud. De ahí que, poco habituada a sufrimientos graves, no diese importancia a un dolor, al principio soportable, que le sobrevino mientras rezaba una noche, a oscuras, en la cama. Candelaria no atinaba a situarlo con precisión. Tan pronto lo notaba en la parte baja del vientre como en la espalda, cerca de los riñones. En conversación con su marido lo describió como un pequeño pinchazo. El dolor continuó de forma intermitente por espacio de dos o tres semanas, sin llegar en ningún caso al extremo de impedirle a Candelaria hacer su vida de costumbre; si bien varias veces Nicasio se percató de que su mujer contraía apenas una fracción de segundo los músculos faciales como por efecto de un padecimiento repentino. ¿Por qué no vas al médico? Bah, no es nada.

La persistencia de lo que ella llamaba pinchazo la obligó a cambiar de parecer. La molestia iba a más. ¿Acaso escondía un mensaje de Dios? Quien dice un mensaje dice un anuncio o una advertencia. De un momento a otro, a Candelaria se le congeló el pasmo en la mirada. Nicasio, es cosa segura que no llego a los cincuenta y seis. Prométeme que me darás sepultura en el cementerio del pueblo. No se te ocurra dejarme en esta tierra extraña para toda la eternidad. Mira que, muerta y todo, escarbo la tierra, salgo de la tumba y me voy con mis huesos andando por los montes hasta Extremadura. Nicasio estaba convencido de que a su mujer pronto se le pasaría lo que fuera que la aquejaba. ¿Cuántas veces, en el curso de su vida matrimonial, no la había oído lamentarse de pequeñeces? Y tomándola entre los brazos en la cocina de su casa, pocos meses antes de su muerte, le estampó con ternura ruda un beso en medio de la cara y dictaminó: Eso son aires.

Entre pitos y flautas, a Nicasio le han dado las once de la noche en el bar. Porrón va, porrón viene, la partida de dominó con los amigos (hoy no tocaba cartas) se ha alargado más de la cuenta. Él se dirige ahora a casa resignado a la bronca que le espera. Nublado de alcohol, es imposible que el aliento no delate el demasiado vino que transporta entre pecho y espalda. Mientras sube trabajosamente las escaleras del edificio, imagina los reproches de Candelaria, ya los está oyendo por adelantado, ya le ve el semblante hosco, ya ella repite la vieja amenaza de volverse al pueblo sola. Estas no son horas de cenar, los salmonetes (o los caracoles con conejo o lo que sea) se han enfriado, no soy tu esclava. Nicasio restriega la suela de los zapatos en el felpudo de esparto, respira hondo como si pretendiese poner fin a la ebriedad con una toma abundante de oxígeno y entra en la vivienda luego de superadas algunas dificultades para introducir la llave en la cerradura. Lo recibe un silencio inusual. ¿Dónde se habrá metido esa mujer? Cabreada porque llego tarde, se habrá ido a pasar la noche en casa de la hija, pero no. ¿Qué haces ahí? Candelaria, el pelo blanco revuelto, los pies descalzos, una fimbria suelta en el camisón de dormir, está arrodillada en el costado de la cama, el pecho y el vientre apoyados en la colcha, única postura, dice con voz endeble, que le permite soportar mal que bien el dolor intenso. ¿Dónde te duele? ¿Qué preguntas tienes? Donde siempre. Así pues, el pinchazo aquel de poca monta de las últimas semanas se ha transformado hace cosa de tres horas en un taladro que le está rompiendo las entrañas. Nicasio querido, esto es el fin. Mujer, no digas eso. Anda, llama al yerno y que me lleve al hospital. No hay tiempo para ambulancias. ¿Has bebido? Un poco.

José Miguel, fornido, servicial, llegó a la vivienda en cuestión de minutos. Tiene fuerza este hombretón. Había subido las escaleras a toda pastilla y ahora, apurado de resuello, respiraba ruidosamente por la boca. Él solo bajó en brazos a la débil y flaca Candelaria hasta la calle y la introdujo con cuidado en el coche. Nicasio, detrás, nervioso, le daba instrucciones inútiles. ¿Y Mariaje? No ha podido venir. Lleva unos días malos por culpa del embarazo. En el asiento trasero, Candelaria invocaba con dolorida devoción a san Fulgencio y dijo, aciaga, lastimera, que no creía posible llegar con vida al hospital. Nicasio, a su lado, la rodeaba con un brazo compasivo. No digas eso.

Once días después, Candelaria recibió el alta. La habían vaciado de sus partes. Con esas palabras contaba ella el caso a conocidas y vecinas, contenta de haber superado su penalidad y de estar libre de dolores. El médico dice que me sacaron el tumor completo. Ella abrigaba el convencimiento de que san Fulgencio había intercedido en su favor cerca de Dios Nuestro Señor y este había accedido a sus plegarias. Ya sé que un día me tengo que morir; pero, por favor, no ahora. Primero quiero conocer a mi nieto o a mi nieta, lo que venga, y después, Padre Todopoderoso, creador del cielo y de la tierra, de todo lo visible y lo invisible, ya llévame a tu reino o a donde sea.

A mi madre le hicieron una reparación de urgencia, lo que en la jerga de los profanos podríamos llamar un vaciado quirúrgico, y la mandaron a morir a casa. Salió engañada del hospital, convencida de haberse curado, y nos engañó a todos contagiándonos su optimismo de los primeros días, hasta que, en un aparte, el médico que la atendió le reveló a mi padre la verdad, y la verdad era que no había nada que hacer, el cáncer se había extendido por otros órganos, y sí, bien, se podía empezar con el tratamiento habitual de entonces, pero para qué seguir abrigando falsas esperanzas, las posibilidades de curación eran nulas y convenía ir pensando en los cuidados paliativos.

Mi padre vino a contármelo. Yo no sabía que él tuviera la facultad de llorar. En toda mi vida no le había visto derramar una lágrima. Sus gemidos hondos, entrecortados, me impresionaron más que la noticia en sí. Se nos va, Mariaje, se nos va. Niño viejo, niño grande, se le rompía la voz. Lo estoy viendo parado delante de mí, en la cocina. Veo la tez oscura de mi padre, herencia de ancestros campesinos, requemados de sol a sol en las faenas del campo; las arrugas por toda la cara, como grietas de barro seco, obra de la vejez tanto como de las incontables horas de trabajo junto a los hornos de calcinación; las cejas blancas y pobladas; los ojos castaños donde aún resistía intacto el brillo de la juventud. Veo su sencillez de hombre laborioso y honrado que no hizo nunca daño a nadie, que tuvo la mala suerte de nacer pobre en una tierra pobre, y noto mientras lo evoco que me atraviesa el cuerpo una corriente de ternura triste.

Por lo demás, permítame que no entre en detalles sobre el derrumbe físico de mi madre. Los considero innecesarios para un libro como el suyo. Bastará con decirle que las últimas semanas de ella fueron de una crudeza excesiva. No entiendo cómo la Naturaleza puede ser tan despiadada con los seres vivos, permitiendo que a veces sufran lo que no está escrito. ¿Para qué puñetas sirve el dolor? Me lo he preguntado muchas veces. Sí, bien, para avisarte de que te estás quemando y apartar el dedo cuanto antes de la llama de la vela. Fuera de eso, yo, la verdad, no necesito el dolor para saber que me acabo de cortar con el cuchillo de cocina o que me ha caído un tiesto en la cabeza. En el caso de mi madre, la cosa llegó al extremo de parecernos a mi padre y a mí una buena noticia que ella se muriera. Buena noticia en el sentido de que suponía el fin de una tortura que a duras penas podía mitigarse con morfina. Y, sin embargo, mi madre vivió sus últimos días con admirable entereza. Hija, es lo que hay y lo que Dios manda, me dijo con una voz que más bien parecía un ruido silbante salido del interior de una roca hueca.

Su mayor pena era morirse sin conocer a la criatura que yo llevaba en el vientre. Me dijo: Si es niño, llámalo como quieras menos Nicasio. El nombre de tu padre es horroroso. Pero si sale niña, me haría ilusión que se llamase como yo. Para mí, añadió, sería como no estar muerta del todo. ¿Me lo prometes? Se lo prometí. ¡Menos mal que tuve un niño! Me habría remordido la conciencia durante toda la vida haber faltado a mi promesa. Yo supe desde el primer momento que no la cumpliría y no por la oposición de José Miguel, quien de buena o mala gana habría aceptado mi decisión. Seamos realistas y, por tanto, sinceros. Candelaria, en esta tierra y en estos tiempos, no es precisamente el nombre más adecuado, ni siquiera cambiándole, para vasquizarlo, la *c* por una *k*. Lo veo como un fardo sobre los hombros. Pero, claro, ¿cómo iba yo a contrariar a mi madre agonizante? Creo que, en su lugar, me habría atiborrado de barbitúricos o, de haber tenido fuerzas para caminar, me habría tirado al tren. Ella, por el contrario, parecía irradiar un aura de serenidad durante sus últimas y penosas horas, en parte por los efectos de la sedación paliativa, en parte por el consuelo que le proporcionaba la fe. Tenía la completa seguridad de que pronto vería a Dios como lo estoy viendo yo a usted, a medio metro de distancia.

NO bien la enfermera hubo salido de la habitación, Nicasio se apresuró a bajar la persiana. Albergaba la sensación de estar llevando a cabo una acción delictiva o, en todo caso, una acción para la cual se necesitaba un permiso que él no tenía. Sólo pensaba en el bienestar de Candelaria, acostada en una cama de hospital expuesta al sol de media tarde, que daba de lleno en la ventana. Dejó que hubiera una separación entre las lamas con la idea de que su esposa no quedara completamente en sombra. ¿Y eso? Es que era como negarle la luz de la vida. ¿Exagero? Da igual. Ahora las franjas luminosas se dibujaban a lo largo de la sábana y la almohada. Una de ellas cruzaba la cara de la enferma y ascendía un trecho corto en la pared, por encima de las barras del cabecero.

Una hemorragia había hecho inevitable el traslado al hospital en plena noche, con ambulancia, apenas una semana después del ingreso anterior. Dos biombos, uno a los pies de la cama, otro en un costado, protegían a Candelaria de las miradas de los demás ocupantes de la habitación. Señal de que pronto me voy a morir. Mujer, no digas eso. ¿Qué día es hoy? Miércoles. Al domingo no llego. Hablaba en susurros, con los ojos cerrados. Articulaba con dificultad unas palabras y, acto seguido, se hundía en una nueva fase de silencio, que lo mismo podía durar cinco, diez, quince minutos que una hora. En ese tiempo quizá se entregaba al sueño, quizá se le desvanecía la conciencia entre los sopores de la sedación. De pronto: Acércate. ¿Qué quieres? No me entierres en Ortuella. Joder, Candelaria, te lo he prometido no sé cuántas veces. Por si se te olvida.

Las manos de la enferma reposaban, blandas, descoloridas, a los lados del cuerpo inmóvil, transformadas en manojos de venas y huesos cubiertos de piel traslúcida. Alrededor de la aguja clavada en uno de los dorsos se extendía un hematoma. Piensa que deberás darle siempre dos besos a nuestro nieto o a nuestra nieta, uno tuyo y otro mío. De acuerdo, no te fatigues. Y en cada cumpleaños, por su santo y por Reyes le regalas algo de mi parte. De tu abuela Candelaria que te está mirando desde el cielo, le dices. Bien. Y que conozca Plasencia. Que sí, mujer.

A Nicasio, sentado en una silla, entre la cama y la ventana, le venían recuerdos de cuando empezó a salir con Candelaria, tan guapa, tan bien apersonada, que él estaba convencido de que otro más apuesto y en mejor posición económica se la arrebataría; pero no fue así. Candelaria lo eligió a él, muy enamorada por cierto, como le confesó en alguna ocasión, y, por seguir a su lado, accedió a abandonar a su familia, sus amistades y su pueblo, lo que le dejó una herida emocional nunca curada del todo.

Nicasio evocaba en la habitación del hospital episodios gratos de su pasado con Candelaria y se amodorraba. Ella le chistó. Le pones al niño o a la niña una foto mía en su cuarto. Bien. Pero no de ahora, sino de cuando era joven. Y le hablas de mí y le dices que, sin conocerle, le quise mucho. Bien. La enferma tenía sobre el pecho el crucifijo labrado en madera de olivo del que no se separaba un instante. De vez en cuando emitía débiles bisbiseos. ¿Rezaba? Nicasio trató de comprobarlo acercando la oreja a la cara de su mujer. Recuérdale a Mariaje la promesa que me hizo. ¿Qué promesa? Que, si nace niña, la criatura llevará mi nombre. Ah, ¿eso? De atardecida, Candelaria pidió a su marido que la besara. Nicasio se levantó de la silla y estampó los labios en la frente de su mujer. ¿Eres tonto o qué? En la boca. Nicasio se cercioró de que los biombos lo preservaban de la curiosidad de posibles testigos y, a continuación, afectuoso, conmovido, dio gusto a Candelaria. Más tarde, en el momento de la despedida, ella le dijo, como hablando entre sueños, con voz mortecina: Eres una buena persona.

Nicasio se marchó a casa temeroso de que aquellas hubieran sido las últimas palabras que le había escuchado a su mujer. Así fue. Un día después, por la tarde, Candelaria permaneció inconsciente todo el tiempo que él estuvo a su lado. Murió pasadas las once de la noche, al parecer sin sufrimiento, según le dijo el médico a Nicasio por la mañana con el evidente propósito de transmitirle al pobre hombre un poco de ánimo.

EN lo concerniente a los nombres, me vinieron dudas acerca de su idoneidad al ver que quien me escribe empezó usando los verdaderos. Pero ¿no se da cuenta este hombre de las consecuencias que tamaña indiscreción podría acarrear a los nombrados? Claro que yo no soy quién para formular advertencias ni hacer recomendaciones al autor de mis páginas. Me siento, sin embargo, libre y bien libre de tener una opinión sobre cada una de sus decisiones relativas a mi fondo y forma. ¡Pues eso faltaba! A fin de cuentas, ¿a quién sino a mí le tocará aguantar algún día los palos de la crítica?

Como se supone que el autor estará provisto de algún entendimiento, aunque no sea mucho, me sorprendió que al principio no se percatase de una circunstancia. Y es que mantener los nombres reales de los protagonistas de la historia que debo contener, estén hoy día vivos o no, y permitir así que cualquiera que tuvo contacto con ellos los reconozca fácilmente, incitaría a la murmuración entre los habitantes de Ortuella, y no porque el autor hubiese faltado a la verdad ni por-

que yo contase nada ofensivo o vergonzoso; es tan sólo que no todo el mundo mira con ojos limpios ni con juicio generoso la vida privada de sus vecinos. Y, claro está, si se la muestran con copia de detalles como un objeto a la luz de una vitrina, ¿quién resistirá después la tentación de emitir sentencia, lo mismo sea adversa que favorable?

Redactadas obra de veinte páginas, por fin quien me escribe se acogió al buen criterio de asignar nombres apócrifos a los actores principales de esta historia. Eligió dichos nombres de modo que guardasen cierta similitud con los auténticos. Encontrar el de Nicasio fue el que más trabajo le supuso. Barajó unos cuantos hasta decidirse por el que ahora sustituye al original, uno y otro nada comunes en tierras vascas. La principal beneficiaria del cambio ha sido, en mi opinión, Mariaje, quien no ha dudado en dar su conformidad al nombre. Se siente protegida y con más confianza para participarle confidencias al autor. Si estas corren algún día impresas por el mundo, ella cree que la gente de Ortuella no sabrá con seguridad a quién atribuírselas, con la excepción de unos pocos allegados; pero de estos, dice, nada tiene que temer. Por lo visto, son personas poco aficionadas a la lectura, además de mayores.

La mujer que aquí llamamos Mariaje considera el cambio de nombres, tanto el suyo como el de sus parientes, y la omisión de los apellidos una medida sensata. Ella reside actualmente en Baracaldo; pero con frecuencia viaja a Ortuella, donde tiene alquilada a un matrimonio joven la vivienda que perteneció a sus padres. Lo que menos le apetece, según dice, es convertirse en la comidilla del pueblo y que la gente murmure al verla pasar: Mira, mira, ¿esa no es la que...? Que su vida esté en boca de todos sería para ella como ir desnuda por la calle. Conque para librarse de posibles reproches, acusaciones, maledicencias, o simplemente para no dar pena, prefiere que en mis páginas la llamemos Mariaje y al resto de los miembros de su familia como mi autor, con mayor o menor acierto, ha creído oportuno llamarlos.

POR no dejarse ver, por huir de todos y de sí misma hasta donde tal cosa fuera posible, el sábado, un día después del funeral multitudinario, Mariaje decidió ir a Bilbao a hacer unas compras que bien podía haber hecho en el pueblo. En realidad, las compras eran lo de menos; más importante le parecía salir de su prisión de pena, alejarse del teléfono, sentir el aire fresco en la cara, estar sola entre desconocidos que no la parasen por la calle para expresarle sus condolencias y esperar que ella les diese las gracias con gesto de Virgen María en el descendimiento de la cruz. Buscaba un escenario de aparente normalidad y, sin embargo, en los primeros instantes, sintió que las escenas cotidianas que se sucedían a su alrededor la ofendían. ¿Cómo es posible que la gente vaya y venga tan tranquila después de lo ocurrido el jueves a pocos kilómetros de distancia? ¿No hablaban los periódicos, las emisoras de radio, la televisión, de tragedia inmensa?

Pasados dos días, la tragedia, ¿ya es Historia? ¿Ya es olvido?

La lluvia caía aburridamente. Se veían paraguas por todos lados. Aquí una señora caminaba con un perrito atado a una correa; allá dos hombres con gabardina y boina conversaban sobre algún asunto al parecer divertido que los movía a risa. Luego pensó: ¿Qué otra cosa pueden hacer? ¿Acaso me afectan a mí las desgracias de tantas y tantas personas que no conozco? Aquí cada cual va a lo suyo. Se plegó a la evidencia de que la vida no se detiene y de que hoy le arrea un palo al uno y mañana se lo arrea al otro, y no hay más argumento.

De atardecida, Mariaje, cargada de bolsas, los pies húmedos, emprendió el camino de vuelta. Para evitar que José Miguel se inquietase si a su llegada no la encontraba en casa, le había dejado una nota en la que le contaba adónde había ido. Y concluía: Necesito airearme, un beso. Ahora regresaba con la intención cumplida de pasar un puñado de horas en un lugar donde nada ni nadie le hicieran presente su infortunio. Aunque, ojo, en la Gran Vía avistó un puesto de venta de revistas y periódicos; barruntó portadas alusivas al funeral de la víspera y, por no verlas, cambió de acera.

Llovía con bastante más fuerza que por la mañana. Empujadas por ráfagas de viento, las gotas estallaban con furioso chisporroteo en las ventanillas del tren.

De vez en cuando, Mariaje volvía la mirada hacia el asiento vacío de su costado. Le venía entonces el recuerdo de otros viajes acompañada del Nuco, que, como no llegaba con los pies al suelo, solía balancear las piernas en el aire. Imaginaba que tendría que vivir hasta el último minuto de su vida con aquella ausencia a su lado. Perdí a mi madre, lo acepté. Era mayor, estaba enferma. Ley de vida. Jamás me acostumbraré a estar sin mi niño, a no escuchar su voz, a no verlo jugar, dormir, crecer.

A Mariaje el apeadero le pillaba un poco lejos de su casa. Cielo negro, noche prematura, rumor de lluvia. Corrió lo primero de todo a guarecerse bajo un tejadillo. ¿Qué hago? ¿Me quedo a resguardo hasta que pare de jarrear? Al poco rato, resignada a calarse, decidió recorrer el trecho que le faltaba hasta su piso. Sin embargo, no bien hubo dado una veintena de pasos por la calle en cuesta, se vio de pronto a cubierto de un paraguas salido de no se sabe dónde. ¿Me estabas esperando? No seas malpensada, te he visto bajar del tren, eso es todo. Él se ofreció a llevarle las bolsas. No hace falta. Y se mojaba, fuera de la protección del paraguas, por mejor taparla a ella. Estuve en el colegio retirando cascotes, vi a tu padre, llevo dos noches con pesadillas. Hacía años que al olfato de Mariaje no llegaba aquel aroma a colonia para después del afeitado. Se volvió hacia su acompañante no tanto por mirarlo mientras le dirigía la palabra como por aspirar la mayor cantidad posible de aquel olor barato que en otras circunstancias tal vez no le habría gustado, pero en aquellos momentos sí. Estaréis hechos polvo, ¿no? ¿Cómo crees tú que podemos estar? Llegados ante el portal de Mariaje, se despidieron. Él le dijo: Cuenta conmigo para lo que sea, supongo que me entiendes. Y ella le respondió: Claro que te entiendo, Richi. Eres muy amable, te lo agradezco.

ÉL no podía soportar que yo sufriese. Intentaba levantarme el ánimo por todos los medios, principalmente con gestos de cariño, a menudo untuosos; por lo general, para mi gusto, exagerados; siempre sinceros, eso sí, y compasivos. Recuerdo sus labios pegados cada dos por tres a mi cara. *Maitia,* decía. No hablaba ni papa de euskera; pero el *maitia* no se le caía de la boca y le gustaba mucho que el niño lo llamase *aita* y no papá o padre, como yo al mío o como él al suyo, un emigrante gallego a quien no llegué a conocer, fallecido a consecuencia de un accidente laboral. Yo le notaba a José Miguel la intención de besarme varios segundos antes que la llevase a cabo. Ya viene este con las ventosas y el *maitia.* Me pasaba la mano por el pelo y me daba palmaditas en la espalda como si acariciase a un perro querido, al tiempo que me dirigía ternezas. Le había entrado asimismo la obsesión por mostrarse servicial. Llegaba de la fábrica con evidentes signos de cansancio y se ponía a quitar el polvo, a fregar el suelo, que a lo mejor había fregado yo unas horas antes, y se ofrecía a cocinar, él, que era un pésimo cocinero. Me despertaba, sí, una serie de sentimientos positivos, entre los cuales no estaba la admiración.

Daba por hecho que yo, por mi condición de mujer, era débil. Entiéndame usted; no me lo dijo nunca a la cara, pero estaba claro que toda su actitud protectora con respecto a mí nacía de aquella convicción, de la que quizá ni siquiera fuese consciente. Estaba persuadido de que mi presunta fragilidad psicológica se correspondía con mi modesta musculatura y entendió, vaya usted a saber si aconsejado por alguno de sus amigos, que costase lo que costase debía impedir que, tras la muerte del Nuco, yo me derrumbara anímicamente, perdiera la ilusión de vivir, me trastornase.

Y así, a menudo le daba por hablarme como se habla con una persona digna de lástima, y decía cosas como que juntos superaríamos nuestra desgracia y que lo importante era permanecer unidos y ayudarnos el uno al otro. Sólo le faltaba arrancarme la pena del cuerpo con una cuchara y comérsela. Insistía en tener otro hijo y advertía seriamente que en ningún caso le pondríamos el nombre del Nuco, porque no debíamos considerar al nuevo miembro de la familia como un jugador suplente que viene al mundo a vivir la vida del que perdimos. Así se expresaba, igual que un niño grande, voluntarioso, bienintencionado y a veces, la verdad, bastante pelma.

NICASIO tomó la costumbre de vagar por el pueblo. Desde el accidente en el colegio, ya no frecuentaba el bar ni se reunía con los amigos. Recorría las calles de Ortuella a cualquier hora, siempre solo, no raras veces con la primera claridad de la mañana o ya entrada la noche. A ratos se paraba a descansar sentado en un banco público, en unos escalones o donde fuera, y una vez repuestas las fuerzas reanudaba su andadura, la cabeza, hiciera frío o calor, protegida con una boina.

Se le veía caminar por estos y otros lugares con pasos calmos de hombre que no va a ninguna parte. No dejaba sin corresponder ningún saludo, pero rehuía detenerse a hablar con nadie, a menos que el conocido de turno le cortara al paso y se hiciera inevitable contestar sus preguntas. Pero incluso en tales ocasiones, Nicasio, lacónico, evasivo, tardaba poco en encontrar la manera de poner término al diálogo y proseguir su paseo. La gente del pueblo, enterada de su drama personal, procuraba dejarlo tranquilo.

Con frecuencia, quienes se cruzaban con él le oían proferir murmullos; pero, aun cuando pareciera caminar en silencio, el temblor de los labios delataba igualmente que Nicasio iba absorto en algún soliloquio. En realidad, lo que hacía era hablarle en voz baja al Nuco, mira qué camión más grande, no pises ese charco, figurándose que el niño lo acompañaba en sus paseos y él lo llevaba de la mano.

Un día de tantos, ya atardecido, se alargó más allá de las vías del tren, hasta el barrio de La Ralera, y de pronto llamó su atención la figura de un hombre corpulento. Caía un minucioso sirimiri. Nicasio se protegía con un paraguas. Sobre el suelo y entre las casas flotaba en la hora tardía una niebla semejante a un humillo blanquecino, la cual, unida a la penumbra del crepúsculo, le impidió reconocer en un primer momento al hombre con la cara gacha que estaba sentado en un pretil delante del matadero. A pocos pasos de él se percató de quién era. A pesar de la luz escasa, Nicasio vislumbró en los ojos encendidos de su yerno las lágrimas recientes.

¿Qué, problemas con Mariaje?

José Miguel farfulló una respuesta borrosa, apenas dos, tres palabras pronunciadas entre dientes, casi sin despegar los labios. Su suegro se quedó mirándolo en silencio; él miraba a su suegro de igual manera hasta que, de manos a boca, se arrancó a sincerarse en un tono de voz susurrante, como de confesionario. Te estarás preguntando qué hago aquí, lejos de casa, solo y empapándome. Parece que todo se me derrumba. Dios, qué mala suerte. Perdí a mi hijo y ahora puede que pierda el trabajo.

Desde el día ya lejano en que Mariaje hizo las presentaciones, José Miguel había mantenido una relación correcta con Nicasio. Lo consideraba más sociable y, desde luego, menos rígido que a su suegra, que en paz descanse allá en su cementerio de Extremadura, tan rezadora y al mismo tiempo tan inclinada a sacar faltas a los demás y quejarse. Con el viejo se entendía mejor. Nunca recibió de él un reproche ni una mala palabra. Nunca discutieron. Sería exagerado afirmar que los unía el afecto, pero se guardaban respeto mutuo y, a su modo, congeniaban.

Dicen que la crisis obliga a la fábrica a reducir el personal. Aún no se sabe a quiénes ni a cuántos afectarán los despidos. Uno de la oficina me sopló que ya hay una lista, aunque todavía provisional. Le pregunté el lunes pasado si estoy entre los que se van a la calle. No respondió claramente que no y eso me dio mala espina. Mañana tenemos asamblea. Se decidirá si vamos a la huelga. Me parece bien la huelga, pero como haya muchos o bastantes compañeros que voten en contra, yo haré lo mismo. ¿No lo entiendes? Pues es muy fácil de entender. Necesito el sueldo y no me quiero señalar negativamente ante la dirección. Un chispas, conocido en la fábrica por ser un fanfarrón y un bocazas, dijo en voz alta que él no iba a la huelga. Ahora le llaman esquirol y le pegan en la puerta de la taquilla papelitos con insultos y amenazas.

¿Has hablado con Mariaje?

José Miguel hacía un efecto bastante sobrio. Nicasio se convenció de que su yerno no había bebido o, al menos, no había bebido de forma que se le notase.

Mariaje no sabe nada.

EN medio de la conversación, Nicasio notó que el niño forcejeaba por desasirse de él y, sin el menor deseo de oponerle resistencia, soltó su mano. El Nuco esperó unos instantes delante de José Miguel a que este le dirigiera la palabra, lo cogiese en brazos; en fin, a que le prestara algún tipo de atención. Pero viendo que no sucedía nada de eso, tras dos o tres saltos fallidos, el niño logró encaramarse a su regazo. Tampoco entonces mostró José Miguel el menor interés por el pequeño, quien, fascinado y curioso, miraba de cerca a su padre mover los labios mientras hablaba. El niño intentaba en vano hacerse notar. Cada vez más impaciente, se puso de pie sobre los muslos de su padre. Cariñoso, se abrazó a él, le estampó un beso largo en la mejilla y le acariciaba la cara con barba de pocos días, decidido a consolarlo. José Miguel, siempre a lo suyo, a los problemas en la fábrica, al temor a perder el trabajo, no se daba por enterado. Conque, perdida toda esperanza de merecer atención, el Nuco saltó de los muslos de su padre al suelo y dejó que Nicasio volviera a agarrarle la mano. Abuelo, vámonos. Y ahora era Nicasio el que no le hacía caso. Los dos adultos siguieron embebidos en la conversación. De pronto: *Aita,* no te vas a tirar al tren, ¿verdad? Y Nicasio clavó una mirada severa en el Nuco, al tiempo que lo conminaba a callar arreándole un fuerte tirón de la mano.

LUEGO estaba el otro asunto. Ah, pero ¿hay más? Nunca, desde que se conocían, había llegado José Miguel a tal grado de franqueza delante de su suegro. Este hombre o está muy solo, o muy desesperado, o las dos cosas a la vez.

La lluvia fina caía sobre él, mojándolo con lenta, suave indiferencia, pese a lo cual José Miguel declinó en dos ocasiones el ofrecimiento de Nicasio de resguardarse bajo el paraguas. Continuó sentado sobre el cemento húmedo, el pelo aplastado, la cara salpicada de gotas.

Contó que desde hacía varios meses Mariaje y él intentaban tener de nuevo descendencia y no había forma de que ella se quedase embarazada. Les ocurrió lo mismo en el pasado. Ah, pues no sabía. Entonces lo estuvieron intentando cerca de dos años hasta que por fin, ¡milagro!, llegó el Nuco.

José Miguel hacía sus cálculos. Le parecía obvio que Mariaje no era estéril, puesto que ya había sido madre.

Y tú, padre; nos ha jodido. Sin embargo, no podía descartarse la posibilidad de que ahora algo no estuviera bien en los órganos de ella. A ver, a ver, no se refería a que hubiese una deformación ni nada por el estilo, sino a que igual, quién sabe, en un punto del camino un obstáculo impedía el paso. De todos modos, después de mucho darle vueltas a la cuestión, se inclinaba a pensar que el problema, si es que había alguno y todos los indicios apuntaban a que sí lo había, estaba dentro de él, quizá en su esperma, que a lo mejor no tenía la suficiente calidad. Había hablado de ello con un amigo con el que solía salir los fines de semana de pesca en un pequeño barco de bajura, propiedad de su padre, y el amigo, Josetxo, le había sugerido que fuera al médico a hacerse unos análisis. ¿Y qué dice Mariaje?

El Nuco tiraba de la mano de su abuelo dándole claramente a entender que quería marcharse.

Mariaje no sabe nada.

CERCA de media hora estuvo Nicasio de palique con su yerno delante del matadero, y ya el niño se mostraba tan inquieto y tan deseoso de marcharse que al abuelo no le quedó más remedio que ceder a su insistencia y reanudar la caminata. Comunicó su propósito a José Miguel, quien prefirió continuar sentado en el pretil sin otra compañía que la oscuridad y la lluvia. Bueno, allá tú si te resfrías. No hace falta que le cuentes a Mariaje que me has visto.

Nicasio echó a andar por el camino arriba, los pasos cortos, el puño pegado a la muslera de su pantalón como siempre que paseaba con el Nuco, y se abstuvo de proferir los susurros de costumbre hasta no bien hubo doblado la esquina y perdido de vista a su yerno.

Mírame a la cara, pequeñajo. ¿Me quieres explicar por qué te has portado tan mal? No has dejado de dar la lata mientras hablaba con tu padre. No está el hombre bien de la chola y tú vas y le sueltas eso de que no se tire al tren. ¿Qué falta de cariño es esa? ¿Qué clase de hijo eres tú? ¿No te da vergüenza? Me dices a mí eso y te arreo el bofetón de tu vida. También es verdad que... ¡menudo padre de los cojones! No te ha hecho ni caso.

Venían tres personas caminando en la dirección contraria. Nicasio guardó silencio. Lo saludaron. ¿Quién? No les vio la cara. Seguramente ellos tampoco distinguieron la suya, medio oculta bajo el paraguas. Respondió al saludo con un rápido monosílabo y esperó a que se hubiese apagado a su espalda el ruido de voces y pisadas para hablarle de nuevo al Nuco.

Claro que a mí José Miguel no me engaña. Tiene malos pensamientos. Lo sé como si se los pudiera ver por un agujero de su frente. Y tú también te has dado cuenta, ¿a que sí? Me da que ha estado a punto de cometer esta tarde una tontería; aunque, si te descuidas, a lo mejor aprovecha la noche para cometerla. Ya tiene edad para saber lo que hace.

Nicasio dejó atrás las vías del tren. Se adentró en su barrio por calles desiertas. ¿A quién le apetece dar una vuelta a estas horas y con este tiempo? Se le hacía penoso subir por las aceras en cuesta. El esfuerzo le producía sofoco, se tomó un descanso. Dime, Nuco, ¿dónde quieres pasar la noche: en tu habitación o en el cementerio? El niño eligió la habitación. Ya me lo suponía. El cementerio nos queda lejos y en casa, con tu cama y tus juguetes, calentito y acompañado, es donde mejor estás.

ME costó varios días de dudas y nervios comunicarle la noticia por miedo a que me montara un espectáculo de júbilo. Pensé: A la menor muestra de alegría por su parte, me derrumbaré. Jamás he hablado de esto con nadie. Usted es el primero. Y ni siquiera ahora que ya nada importa puedo evitar que me recorra el cuerpo una sensación de suciedad y culpa.

Pronto iba a hacer dos años de nuestro matrimonio. Nos casamos en Ortuella, por la iglesia, a pesar de que ni José Miguel ni yo éramos creyentes. Bueno, yo, a veces, un poco; él, ni por el forro. Mi madre no contemplaba otra posibilidad; mi suegra, en el fondo, aunque más discreta, tampoco. Eran otros tiempos. En el curso de la ceremonia, un sábado, el cura nos dio de comulgar, lo que después, durante la luna de miel en la isla de Tenerife, fue para nosotros un motivo constante de risa. Pero, dígame, ¿qué otra cosa significa ser adulto sino hacer por compromiso, por diplomacia, a diario, lo que a uno no le gusta o es contrario a sus deseos y convicciones? Ir a trabajar para que otros se enriquezcan, atarse a los quehaceres del hogar, pagar facturas, relacionarse con gente odiosa y poner además buena cara... Estoy segura de que usted me entiende.

Al final, después de muchas vacilaciones y de un par de noches en blanco, me armé de valor y, cuando a primera hora de la tarde él volvió de la fábrica, mientras me besaba, sin mirarle a los ojos, se lo solté: Estoy embarazada. Reaccionó exactamente como yo temía. Se puso a dar saltos de mono por la casa; me levantó en brazos y enseguida me depositó en el suelo, pidiéndome perdón, *maitia,* pues pensaba que ponía en peligro lo que tanto tiempo y tantos intentos nos había costado conseguir, y de la emoción rompió a llorar con gemidos como de niño de cinco años. Sentí en aquellos momentos una gran pena por él y lo quise más que nunca, se lo aseguro.

Tuve un parto bastante difícil, por no decir muy difícil. Le ahorraré detalles. En aquel tiempo no se estilaba que los maridos estuviesen presentes en el paritorio y quizá sea la circunstancia de encontrarme sola con mis dolores, rodeada de los sanitarios más secos y menos comunicativos que pueda usted imaginarse, el peor recuerdo que me ha quedado de aquella experiencia. Me costó unas cuantas semanas recuperarme. Por esos días tenía una pesadilla recurrente. Daba a luz excrementos. Como se lo cuento. Otras veces, salían de mis partes, en presencia de una multitud formada por parientes, vecinos, conocidos y hasta por antiguas compañeras de la escuela, chorros de petróleo o de una sustancia parecida, completamente negra. En fin, una cosa por demás desagradable. Recuerdo noches en que me despertaba sobresaltada, envuelta en sudor. A todo esto se une el que la pérdida de sangre durante el parto me produjo anemia, con la consecuencia de que me sentía débil y tuve que guardar cama. Pasé bastante miedo. Sin decir nada a nadie, tampoco a José Miguel, soporté otras complicaciones, aunque por suerte de menor gravedad. Mi consuelo fue que salí de aquel trance convertida en la madre de un niño precioso.

SE conoce que el autor quedó insatisfecho con el pasaje y me lo amputó. También pudo suceder que lo considerase superfluo. Al muy listillo se le ha ocurrido una argucia. Ahora me encarga contener lo mismo que contaba el fragmento de historia suprimido, sólo que introduciéndomelo, como quien no quiere la cosa, a modo de anotación o de resumen.

¿Cuál es el asunto? Pues que la que aquí llamamos Mariaje, en los meses posteriores al parto, sufría rachas frecuentes de tristeza, casi siempre de forma inesperada y sin que ella acertara a atribuirles una causa concreta. En la secuencia borrada, el autor describía un ataque repentino de llanto que a mí, francamente, no me parecía logrado. La prosa era deficiente, así como demasiado forzada la inserción del episodio dentro del relato general; pero, claro, yo no puedo escribirme a mí mismo ni corregirme, lo que me deja indefenso ante los errores y la falta de talento de quien me compone.

Había asimismo en los párrafos eliminados una breve digresión sobre la posible influencia negativa en Mariaje de la muerte de su madre unos meses antes del nacimiento del Nuco. La echaba de menos: su compañía, su ayuda, sus consejos, esas cosas. La necesitaba más que nunca, ahora que estaba sola con la crianza, aquejada de fatiga crónica, sobrecargada de trabajo y convencida de no ser la madre adecuada para su niño. ¿Depresión posparto? Pudiera ser. Cuando veía a otras mujeres con carrito de bebé por la calle, no podía evitar compararse con ellas; las sentía superiores, más preparadas, y las envidiaba. En mi modesta opinión, el fragmento pecaba de psicologismo empalagoso y de cursilería.

Me acuerdo de una de las frases en él contenidas: «Nadie me había enseñado a ser madre». Y, algo más abajo, de una alusión a Nicasio: «El pobre, tan bienintencionado como torpe y tan desvalido desde que enviudó, hace lo que puede; pero a mí me vendría mejor que no hiciera nada. Su ayuda sólo sirve para echarme más trabajo a la espalda».

¿Qué más? Pues que, por lo visto, Mariaje aún se sentía peor como esposa que como madre, si bien no carecía de maña para disimular los remordimientos y fingir felicidad, lo que allá en lo hondo de su conciencia contribuía a aumentar su desazón. En fin, vivió días penosos de los que fue recuperándose mal que bien con el socorrido procedimiento de adaptarse a las circunstancias; pero sobre todo porque las cosas acontecieron de tal forma que lo que no debía saberse no se supo.

MAÑANA de domingo, con tiempo primaveral; brisa leve, procedente del Abra de Bilbao, que esparce por Ortuella un fresco olor a mar; en la parroquia, cuatro bautizos consecutivos, entre ellos el del Nuco. En ocasiones anteriores, se había dado el caso de que algún que otro crío no había cesado de berrear durante el oficio religioso; conque esta vez el cura pidió a los parientes que, por favor, pasearan a los bebés por fuera de la iglesia hasta que, acabada la misa, él procediese a administrar el sacramento. Por dicha razón, Nicasio y la madre de José Miguel, una señora alta, de rasgos agraciados y marcado acento gallego, permanecieron fuera dando vueltas por la zona con el carrito y conversando amigablemente mientras el Nuco, amamantado poco antes, dormía tranquilo.

El fallecimiento de Candelaria indujo a Mariaje a proponer a Nicasio como padrino, más que nada para consolar al pobre hombre, que andaba mustio y quejumbroso porque su difunta se había ido al otro mundo sin conocer al nieto.

Para compensar, la madrina había de ser elegida entre los familiares de José Miguel y este, después de consultarlo con su madre, manifestó el deseo de concederle el honor a su hermana. No hubo por ello discrepancia en el matrimonio. Fue esta última, de nombre María del Pilar, venida al efecto desde Bembibre, donde residía con su marido, un guardia civil de origen leonés, la que sostuvo al bebé en brazos junto a la pila bautismal. El Nuco, que había estado calladito hasta entonces, se asustó al sentir el líquido frío en la cabeza y prorrumpió en una llantera que taladraba los oídos. A la salida, Nicasio despotricó contra el cura. Joder, ¿no podía templar el agua antes de usarla? Mariaje se apresuró a arrearle con disimulo un codazo para que se callara, haciéndole ver por señas que la madre de José Miguel tenía los ojos empañados.

Dejando a un lado el incidente minúsculo, la familia salió animada a la calle, dispuesta a celebrar el acontecimiento en casa de Mariaje y José Miguel. La madrina había traído de Bembibre los ingredientes para un cocido con botillo del Bierzo, garbanzos y repollo, preparado por ella misma de víspera con la colaboración del guardia civil, quien al parecer era el verdadero especialista en la materia.

A punto de salir de la iglesia, Mariaje volvió por azar la mirada hacia el interior del templo y entonces vio al Richi, que la estaba observando con fijeza desde el extremo de un banco, cerca de la pared.

EL Nuco ¿cómo iba a acordarse del pez si sólo tenía tres años cuando lo vio? A veces, bien Mariaje, bien José Miguel, pueriles, aspaventosos, lo sacaban a colación en su presencia. ¿Te acuerdas del pez negro que trajo el *aita*, que traje yo, del mar? Pero era en vano. Al Nuco el congrio de metro y pico de longitud no le dejó ninguna imagen en la memoria. José Miguel entró una mañana de domingo en la vivienda con el animal alrededor del cuello como un echarpe viscoso y el convencimiento de que estaba a punto de causarle al niño una impresión para toda la vida. Primero sostuvo el pez en posición vertical delante del Nuco con la idea de que este se asombrara de su tamaño; después, hecho una rosca, lo depositó sobre la mesa de la cocina y se apresuró a explicar: No pienses que es una culebra. El Nuco le tomó reparo al congrio y no quiso tocarlo. Tampoco es que a la criatura la venciera el miedo; quizá un poco la repugnancia antes de perder todo interés por la novedad. Mariaje solía decir que les había salido un niño demasiado pacífico y no ocultaba el temor de que algún día, cuando llegase a la edad escolar, los compañeros de clase abusaran de su docilidad y hallasen gusto en meterse con él.

Por las noches, acostado el niño, José Miguel gustaba de contarle historias, entretenerlo con versos y refranes, cantarle canciones infantiles, tararearle melodías. No era raro que saliese de la habitación enternecido. *Maitia,* prométeme que nunca le pegaremos; si hace una trastada, tendremos paciencia; le diremos sin levantar la voz, despacio y con calma, lo que ha hecho mal; le daremos las explicaciones que hagan falta, ¿de acuerdo?

Por supuesto. En esta casa no se pega a nadie.

Sentado en una silla, junto a la cama, José Miguel le contó al Nuco cómo se había producido la captura del congrio. Créeme que ha sido todo lo contrario de fácil. Y aleteaba con las manos y ponía los ojos grandes a fin de darle suspense a la narración. Las aguas se veían tan agitadas que los cuatro amigos estuvieron en un tris de no zarpar. Ya antes de salir a mar abierto, el barco oscilaba como un columpio loco, pero a mí no me importa porque yo no me mareo. Eso, no marearte, es lo primero que deberás aprender si quieres que un día te llevemos con nosotros. A cada instante teníamos que agarrarnos a la borda para no caer.

De repente, José Miguel advirtió que el extremo de la caña se encorvaba. Sería cerca de las doce de la noche, y él y sus amigos tenían previsto pescar hasta el amanecer. Se avistaban a lo lejos los puntos de luz de un pueblo de la costa. Y con los bandazos del barco, parecía que aquel racimo de destellos subía y bajaba en la noche negra. José Miguel no tuvo duda de que una pieza grande había mordido en el anzuelo. Un pez de tamaño medio, no digamos un pececillo, sería incapaz de semejantes sacudidas. José Miguel recogía el hilo, que era de una calidad resistente, concediéndole a la presa breves treguas pensadas para inducirla a feroces e inútiles tentativas de huida que la dejaran exhausta. Su amigo Josetxo le ayudaba a sujetar la caña, metida por el mango en una abrazadera de la que amenazaba salirse en cualquier momento. Tras un largo forcejeo, se dieron cuenta de que la presa, cada vez más fatigada, empezaba a flaquear. De pronto reanudaba la pelea; pero de forma cada vez más espaciada, sin la pujanza del principio, hasta que finalmente, a cuatro manos, lograron subirla a bordo. A la luz de los focos, vieron retorcerse el hermoso congrio. Se lo voy a llevar a mi hijo, a ver qué cara pone. Y ya se disponía a contarle al niño todo lo relativo a la conservación del congrio en el cajón con hielo y su traslado a casa por la mañana, cuando se percató de que el Nuco se había quedado dormido.

SE abre con un leve rechino la puerta de la habitación del Nuco. Al volver la mirada, Nicasio, sentado a oscuras en una silla, ve a su mujer parada en el umbral. Candelaria se acerca a él descalza. Viste el camisón que llevaba durante sus últimos días en el hospital. La prenda, en buen estado a pesar de los años transcurridos, le llega hasta un poco más arriba de las rodillas. Deja a la vista unas piernas esbeltas y unos pies her mosos y menudos de cuando ella se encontraba en la flor de la juventud. En la cabeza luce el velo de organza del día de su boda, que le cubre parcialmente la melena rizada. ¿Y tú de dónde sales a estas horas? ¿Cómo te las has ingeniado para escapar del cementerio? Y ella: Nicasio, qué viejo estás, mejor cállate. Le reprocha a continuación el frío recibimiento. Tanto tiempo sin vernos y ¿ni una palabra de cariño? Agrega que no ha hecho el viaje desde Plasencia para verlo a él, sino a su nieto o nieta, lo que sea, a quien arde en deseos de conocer. Nicasio, aturdido, le pide disculpas. Atribuye su falta involuntaria de cortesía a la sorpresa, que no le ha permitido encontrar en cuestión de segundos las palabras adecuadas. Pensando en merecer benevolencia, elogia el aspecto de Candelaria, su recobrada juventud, su antiguo perfume. Nadie diría que estás muerta. ¡Grosero! ¿Dónde está mi fotografía enmarcada? Encima de la cómoda. ¿La ves? Bien. ¿Dónde habéis metido a la criatura? ¿Qué nombre le pusisteis? ¿Le diste cada día un beso de mi parte, como te pedí? ¿Por qué la tenéis en nuestra casa y no en la de sus padres? Oye, ¿no habrá ocurrido alguna desgracia?

Nicasio le hace señas para que lo acompañe sin hacer ruido hasta la cama del Nuco. El niño duerme arrebujado bajo una colcha con los colores y el escudo del Athletic de Bilbao, el agraciado rostro infantil aquietado en un gesto de serenidad. Tiene seis años, habla poco. Y Candelaria, en el momento de acariciar la mejilla de su nieto, lamenta que no sea niña. En tal caso, le habríais puesto mi nombre, ¿verdad? Por supuesto. Luego se queja de que no se vea en ningún lugar de la habitación un crucifijo o cualquier otro ornamento religioso. Ya da por hecho que a este niño tan dulce, tan guapito, lo estáis criando en el ateísmo. También da por hecho que no lo han bautizado. Y agarrando al niño de un brazo, no para de sacudirlo hasta que se despierta. Ven conmigo, bonito, ven con tu abuela.

¿Se puede saber adónde lo llevas? Te recuerdo que son las tres de la madrugada. Pero Candelaria no hace caso de las protestas de su viudo y, tomando al dócil niño de la mano, sale con él de la casa. Nicasio hace ademán de seguirlos. No, tú esperas aquí hasta que volvamos.

Algo más de un mes tardó Candelaria en devolver al niño a su habitación. En silencio, sin saludar a su abuelo, el Nuco deposita sobre la mesilla el nimbo fosforescente que rodeaba su cabeza, se mete en la cama y se queda dormido al instante. Nicasio insiste en saber adónde ha ido Candelaria con el niño. Afirma que le faltó poco para pedir ayuda a la policía. Lo he llevado al pueblo y yo misma, en la catedral, a horas solitarias de la noche, lo he bautizado a fin de facilitarle el ingreso en la Casa del Padre. Pero... si ya lo bautizamos aquí al poco de nacer. Lo dudo. Pregúntale a Mariaje. Otra descreída que se condenará como tú. De todos modos, tú no eres un sacerdote, no puedes bautizar. Yo soy lo que soy y obedezco los designios de Dios. Nicasio le hizo preguntas. Ella no las respondió. La última, ya con Candelaria en el rellano de la escalera: ¿Te vas enfadada? Me voy, eso es lo que importa. ¿Para siempre? Para siempre, Nicasio, para siempre.

REPRODUCIR con exactitud el dormitorio del Nuco resultó una tarea bastante más ardua de lo que Nicasio había imaginado. Mariaje barruntó problemas desde el primer momento. Por si acaso ofreció a su padre la ayuda de José Miguel, quien, como estaba a esas horas en la fábrica, no fue consultado sobre la cuestión. Tampoco hizo falta informarle, ya que Nicasio se apresuró a rechazar el ofrecimiento. Me basto solo. Al final, ante la evidencia de las dificultades, optó por contratar los servicios de una empresa de mudanzas.

Además de repetir en su vivienda la colocación de los muebles del Nuco, Nicasio quería hacer lo mismo con el contenido de los cajones, así como con los cuadros y adornos de las paredes y las figuritas, libros y juguetes esparcidos aquí y allá. Con tal propósito y a falta de una cámara fotográfica, pasó una tarde entera en casa de su hija tomando notas y trazando un sinnúmero de planos y dibujos. ¿Te quedas a cenar? Al paso que llevo, me quedo a cenar y a desayunar.

Más tiempo y esfuerzo le costó vaciar en su domicilio una habitación que, desde la muerte de Candelaria, no tenía más uso que el de trastero. Repartió por la vivienda y bajó al sótano docenas de cachivaches que en viejos tiempos pertenecieron a su difunta esposa; otros, aunque le dolía tirarlos por razones sentimentales, los destinó a la basura. Tras una limpieza a fondo del suelo, reparó con yeso varios desconchados y pintó las paredes de un color que, si no era el mismo que el del dormitorio del Nuco en casa de sus padres, se le parecía.

Tanto ajetreo le supuso a Nicasio varios días de lumbalgia, a tal punto que, cuando los de la mudanza llegaron con la carga, él apenas se podía enderezar. Se limitó a indicarles el sitio respectivo donde debían colocar los bultos más voluminosos y pesados. De los objetos pequeños ya se encargaría él en otro momento. Recuperado de sus molestias, Nicasio se las apañó para allanar algunas dificultades que amenazaban con echar por tierra su proyecto. Hubo, sin embargo, una entre todas ellas que no se podía resolver así como así, y era que la habitación destinada a reproducir la del Nuco tenía dos ventanas, una al lado de la otra, mientras que en la original sólo había una. ¿Qué hacer? Después de pensárselo un buen rato, a Nicasio se le ocurrió cubrir la ventana sobrante con una chapa de madera. Tras empapelarla, le dio dos manos de la misma pintura que había usado en las paredes. El resultado, aunque curioso, distaba de ser perfecto; pero como el armario ropero del niño ocultaba más de la mitad del arreglo, al fin Nicasio pudo llevar a buen término, o al menos a un término aceptable, su propósito.

Por teléfono invitó a su hija y a su yerno a que fueran sin demora a comprobar el fruto de su esfuerzo. Su tono de voz en el aparato denotaba orgullo. No os va a quedar más remedio que darme la enhorabuena. José Miguel, muy crítico desde el principio con los planes de su suegro, se negó a participar en un paripé que a buen seguro le hundiría el ánimo. Mariaje, condescendiente, apenada, se presentó en la vivienda de su padre dispuesta a dar el visto bueno a lo que fuera que encontrase. No se nota la diferencia. Lo dijo persuadida de que no mentía del todo. Nicasio salió con el cuento de que su nieto vivía ahora con él. Ya tienes lo que querías; pero te pido por favor que nos dejes a José Miguel y a mí fuera de tu ilusión. A Nicasio las palabras de su hija le sentaron como una pedrada. Qué ilusión ni qué ocho cuartos. Mira, toca, agarra; aquí todo es tan verdad como tú y como yo.

TARDAMOS algún tiempo en enterarnos de que mi padre había adoptado la costumbre de visitar los jueves y, en ocasiones, otros días de la semana el columbario de los niños. Lo supimos por casualidad. Un vecino del pueblo, mejor informado que nosotros, se lo contó a mi marido. José Miguel sintió confirmada sus sospechas. Consideraba que la muerte del Nuco había causado graves desequilibrios a mi padre, de qué naturaleza él no lo podía precisar puesto que no era psiquiatra. Discutimos por esta cuestión. Yo no veía nada anómalo en que el pobre hombre buscase un sucedáneo de trato con su nieto, aunque fuera echándole al asunto mucha fantasía; eso sí, echándosela con plena conciencia de sus actos, porque una cosa es que Nicasio intentara paliar la pena profunda que le roía el alma y otra muy distinta que se hubiese vuelto majareta. Mi padre, aunque después que perdimos al niño se enfadaba con frecuencia y por cualquier motivo y se volvió una persona solitaria, conservó en todo momento la lucidez, se lo aseguro.

Debe usted entender que el niño y su abuelo formaban una pareja inseparable. Yo no le sabría decir quién quería más a quién, pero le aseguro que se adoraban. Pasaban a diario largos ratos juntos, jugando o de paseo, lo que me suponía un alivio grande, pues me dejaba tiempo para dedicarme con calma a mis quehaceres o, simplemente, para tomarme un respiro. Con decirle que ver a mi padre por la calle empujando el carrito del bebé y más tarde con el Nuco de la mano llegó a convertirse en una estampa típica del barrio...

La tragedia golpeó a tantas familias que parecía de mala educación proferir lamentos en presencia de otras personas, como si pretendiera uno ponerse por encima de los demás o darse más importancia. Al menos eso es lo que yo sentía. Sólo en nuestra calle perdieron la vida, incluyendo al Nuco, cuatro criaturas de la edad de nuestro hijo. Mi impresión es que los afectados vivieron su particular duelo a puerta cerrada. ¡Lo que se habrá llorado en las casas, sin testigos! Por supuesto que los parientes, los conocidos y vecinos nos expresaron sus condolencias, pero en susurros, procurando no mirarnos a la cara, y desde luego con pocas palabras. Hubo entre nuestros allegados unos cuantos que, en los primeros días después del siniestro (perdóneme, ya hablo como en los periódicos), no se atrevieron a acercarse a nosotros y prefirieron enviarnos una nota por correo o la depositaron ellos mismos, cuando nadie los veía, sin sello ni remite, en nuestro buzón. No se lo tomamos a mal. Probablemente nosotros, en su lugar, nos habríamos comportado de la misma manera.

En las calles y las plazas, en los bares y las tiendas, no se mencionaba la explosión. A lo mejor, si pregunta usted por ahí, le dicen otra cosa; pero a mí no me consta que algunos anduviesen en la vía pública haciendo comentarios sobre lo ocurrido. Y, sin embargo, el duelo flotaba en el ambiente a todas horas. Se percibía en las caras, en las miradas, en el rastro de silencio que unos y otros dejaban al pasar. Por un saludo, por una determinada forma de mover la cabeza, adivinabas: A estos también les ha llegado su ración de tragedia. Yo sé de algunas personas que, tras perder una criatura o más de una en el accidente del colegio, se pasaron días en la cama sin querer hablar con nadie. Mi padre, en cambio, se empeñó en ver al Nuco a su lado. ¿Habría sido más sensato hundirse en la depresión? A mí me dio por hablarle al crucifijo de mi madre y no por eso me volví loca. Pues, fíjese, a lo mejor no me volví loca porque hablaba con el crucifijo, del mismo modo que mi padre conservó la cordura imaginando que no había pasado lo que pasó.

Una mañana fui a su casa a llevarle unas medicinas que me había encargado recoger en la farmacia. Abrí con mi propia llave, él no me sintió llegar. Había tal silencio en el interior de la vivienda que me asusté.

Lo llamé, abrí puertas, miré en la cocina, miré en su habitación. Nada. ¿Dónde se habrá metido este hombre? Se me ocurrió asomarme al dormitorio del Nuco. Allá encontré a mi padre, sin más luz que la que entraba por las rendijas de la persiana, sentado en una silla. Me tentó preguntarle qué hacía; pero me detuvo el convencimiento de que fingir ignorancia era jugar sucio con él. Te he traído lo que me pediste. Gracias. Ponlo en la mesa de la cocina. Me tranquilizó comprobar que no sufría dolencia alguna, pues yo, se lo confieso a usted, en un primer momento me temí lo peor. No hablamos más. Quizá lo incomodaba que no le preguntase por el niño. Puse las medicinas donde él me había indicado y, sin despedirme, me marché.

QUE no y que no. José Miguel se negaba en redondo a poner los pies en la vivienda de su suegro. ¿Se puede saber qué tienes tú contra mi padre? Contra tu padre no tengo nada. Ni siquiera como gesto de cortesía accedió a comprobar cómo había reproducido el viejo en su casa el dormitorio del Nuco. Tan férrea negativa sorprendió a Mariaje, acostumbrada a convivir con un hombre condescendiente. La ocurrencia de Nicasio había despertado en él un coraje y una terquedad que hasta entonces no se le conocían. La juzgaba un acto de masoquismo, el capricho macabro de un loco. Discutieron y, cosa rara, esta vez fue Mariaje quien reculó, no por nada, sino porque en el curso de la disputa se percató de que José Miguel trataba a toda costa de evitar la angustia que a buen seguro le sobrevendría al reencontrarse con las pertenencias del niño y se apenó. Pues entonces iré sola. Y así lo hizo y volvió y le dijo a José Miguel: La habitación se parece a como la teníamos aquí, pero hay fallos. No todo está donde estaba antes, a pesar de las notas que tomó mi padre y de los dibujos que hizo. No le he dicho nada. ¿Para qué?

Días antes, mientras Nicasio, castigado por la lumbalgia, aguardaba la hora de instalar en su casa el dormitorio del Nuco, a José Miguel le faltó tiempo para renovar en la suya la que había quedado vacía. Un fin de semana y la tarde de un lunes fueron suficientes para convertirla en una especie de salita sin muebles, también sin utilidad ninguna aparente. Tan ansioso estaba José Miguel de borrar en casa cualquier vestigio del Nuco que renunció a una salida en barco con Josetxo y los amigos, decidido a terminar cuanto antes el trabajo. Con lo que le apasionaba la pesca... Pero, como él decía, necesito deshacerme cuanto antes de las cosas que me recuerdan la pérdida del niño. Conque adquiridos los materiales conforme al criterio y gusto de Mariaje, se empleó a fondo por darle al dormitorio que fue del Nuco un aspecto completamente distinto. Y así, colgó del techo una lámpara de cinco tulipas que irradiaban una luz seria, reemplazó los listones del zócalo por otros más anchos y de color más oscuro, enmoquetó el suelo sobre el entarimado que había antes y, en lugar de pintar las paredes, las empapeló.

El sábado en que él comenzó las obras, Mariaje lo sorprendió sentado en un rincón, llorando con visibles e inútiles esfuerzos por contenerse. Bastó que ella le preguntase: Qué te pasa, chatito, ¿te sientes mal?, para que José Miguel rompiera a sollozar de forma aparatosa, profiriendo unos bramidos entrecortados que más parecían de toro agonizante que de persona. El llanto le impedía articular palabra. Mariaje se acercó a consolarlo y, estando junto a él, mientras le acariciaba la cabeza reparó en que su marido mantenía una mano abierta, como si imitase el gesto pedigüeño de un mendigo, sin que se apreciara cosa alguna sobre la ancha y áspera palma de obrero fabril acostumbrado al trabajo duro. Pero..., un momento, ahí hay algo. ¿Qué? Un pelo, un solitario pelo que tiraba a rubio y que José Miguel acababa de encontrar en el suelo de la habitación. Es de nuestro hijo, *maitia*, susurró cuando por fin estuvo en condiciones de hablar. ¿Qué vas a hacer con él? No sé, guárdalo tú. No, tú. Prefiero que lo hagas tú. Y entonces Mariaje, emocionada de repente, húmedos los ojos, pinzó con cuidado el pelo del niño entre dos dedos y, diciéndole a José Miguel que lo guardaría en su joyero, se lo llevó a la cocina y lo arrojó por la ventana.

UNA tarde, meses después del accidente en el colegio, Mariaje decidió presentarse por sorpresa en la peluquería de su amiga Garbiñe. La idea le vino estando sola en casa, mientras conversaba con el crucifijo de su madre. Lo suyo no eran rezos (en ningún caso, desde luego, los rezos que los devotos recitan de memoria), quizá un rito supersticioso como tocar madera o recelar del número 13. Aquello del rito, Mariaje se lo repetía a menudo para reafirmarse en el convencimiento de no haber perdido la razón. Y si hablaba en susurros era para que sus soliloquios no llegaran, a través de los tabiques, a oídos del vecindario. Yo converso conmigo misma y Dios, exista o no, sabrá si tiene interés en escucharme, lo que tampoco me importa mucho puesto que no le pido nada, aunque me gustaría recibir un día, no sé, una señal, un ruido de fondo, lo que sea.

La casa recogida, José Miguel en la fábrica, la cena en la nevera, ya preparada, a Mariaje le vino un impulso repentino de ponerse los zapatos y salir de casa. Se marchó sin cambiarse de ropa, impelida por una especie de euforia que atribuyó a la circunstancia para ella novedosa de tener de pronto un plan.

De la parada del autobús en Baracaldo, donde se apeó, hasta la peluquería de Garbiñe no se necesitan más de cinco minutos a pie. Vengo a ayudar, más que nada por distraerme y porque me parece que, a este paso, la soledad acabará volviéndome tan religiosa como mi madre; pero no hace falta que me pagues. Garbiñe reiteró el ofrecimiento de compartir negocio con su amiga. Mariaje seguía sin decidirse. Repitió las evasivas que ya había formulado en una ocasión anterior. Garbiñe insistió, quejumbrosa. Allí había demasiado trabajo para ella y para una empleada suya, muy joven, llamada Lourdes. No damos abasto, tú y yo de socias seguro que haríamos prosperar el negocio, podríamos contratar más personal, no tengas miedo, pides un crédito. No, si miedo no tengo. ¿Entonces? Déjame pensarlo.

Mariaje tomó la costumbre de ir dos o tres veces por semana a echarle una mano a Garbiñe, bien por la mañana, bien por la tarde, dependiendo de la afluencia de público. Al principio se limitaba a lavar y secar y a pequeñas faenas de limpieza al modo de una aprendiz, más que nada porque la falta de práctica tras varios años sin ejercer el oficio le generaba inseguridad; pero poco a poco, animada por su amiga, se fue atreviendo con tareas más complejas que, en el fondo, no le suponían ninguna dificultad. Eso sí, seguía negándose a cobrar. Es que, ¿sabes?, yo vengo aquí principalmente a no estar sola.

Y un día Garbiñe le hizo una seña para que la acompañara a la trastienda, donde ni Lourdes ni las clientas las pudiesen oír, y le preguntó de sopetón cuál era el problema. Porque tú, aparte de estar sola, tienes un problema, a mí que no me digan. ¿El matrimonio? Al borde de las lágrimas, Mariaje negó con una sacudida de cabeza. ¿El niño que perdiste? El niño, sí, pero no el Nuco, pobrecito. ¿Entonces? Nuestro problema es el niño que no viene. Y le contó que José Miguel y ella llevaban meses intentando tener otro hijo. Pero, chica, no hay manera. Y también le contó, bajando aún más la voz, que había ido a consultar a un ginecólogo de Bilbao sin revelárselo a José Miguel. ¿Y? No ha encontrado nada anómalo. Dentro de mí todo está bien.

CONFORME pasaban los días, nuestros acoplamientos en la cama se iban haciendo cada vez más mecánicos. De común acuerdo buscábamos eficacia, no placer. Garbiñe había leído en una revista que en determinadas posturas el miembro viril logra una mayor penetración, lo que lógicamente favorece que la salida del semen se produzca más adentro, acortándoles así el camino a los espermatozoides. A mí el dato no me parecía muy científico; pero, como decía José Miguel, no perdemos nada por probar. Y probábamos todos los días a la manera de quien practica ejercicios gimnásticos. Yo me abría de piernas, él se afanaba en la tarea de inseminar. En realidad, todo el esfuerzo corría de su parte, mientras que yo me dedicaba a disimular la pena culpable que me inspiraba su exceso de esperanza. Le prohibí que barajara nombres para la posible criatura. ¿Por qué, *maitia*? Porque trae mala suerte. En ocasiones, de buen humor, como si imitara a los espectadores de una maratón en el borde de la calzada, les infundía ánimo a sus espermatozoides recién derramados. Vamos, vamos, chavalillos, no me dejéis en mal lugar. Al desacoplarse me susurraba algunas palabras tiernas y nunca se olvidaba de besarme la mejilla o la frente. Eran besos con sonido de ventosa que me hacían sentirme bien, pues se me figuraba que de ese modo él restaba animalidad a nuestras diarias tentativas de consumar el embarazo. Luego se daba la vuelta y, siempre cansado de bregar en la fábrica, al poco rato, por la respiración, lo sentía dormir.

Le aseguro a usted que yo no albergaba más propósito que tomarme un descanso en aquella obligación diaria del sexo cuando, nada más sentarnos a cenar, le dije a José Miguel que tenía una sospecha, la más bonita que nos podíamos imaginar. ¿De verdad que estás embarazada? Le pedí calma en espera de una confirmación. En principio, la única novedad es que hacía tiempo que debía haberme bajado la regla. Consideré oportuno ofrecerle a José Miguel una serie de explicaciones sobre el funcionamiento del cuerpo femenino; pero no me hizo falta abundar en detalles, ya que el entusiasmo le impedía prestarme atención. A partir de esa noche me propuse alentar sus expectativas con la mira puesta en suspender durante una temporada el ajetreo sexual. Más adelante, cuando llegase un momento propicio, le comunicaría que por desgracia me había llegado la regla. Luego, cavilando, cambié de parecer. En lugar de contarle lo que había previsto en un principio, pasados unos días le declaré que, en efecto, el médico me acababa de anunciar el embarazo. Garbiñe tachó de cruel mi comportamiento. Tarde o temprano, me dijo, José Miguel se enterará de la verdad y entonces se llevará un chasco mayúsculo. El chasco se lo va a llevar de todas formas. En cualquier caso, yo no estaba dispuesta a invertir más tiempo y energía en una ilusión de imposible cumplimiento. ¿Y tú cómo sabes que no se puede cumplir? Yo sé lo que sé. Y ella, que es discreta, además de inteligente, guardó silencio.

AL día siguiente de la operación se le veía bastante apagado y como triste, sin fuerzas para echarse a renegar como de costumbre cada vez que algo o alguien lo sacaba de su rutina. Pero no bien lo sentaron en una silla, junto a la cama, superó el miedo a no valerse nunca más por sí mismo y entonces le dio por hacer reír a todo el que se le acercaba. Contó a las enfermeras que él no era uno de esos viejos torpes que se caen cada dos por tres, sino que, estando en casa, su nieto le había puesto la zancadilla. Pues vaya nieto más malo que tiene usted. Malo no, pero es un rato revoltoso. Y cuando una de aquellas personas de bata blanca que lo atendían, siguiéndole la broma, le pidió que le presentase al diablillo si este venía a visitarlo, Nicasio replicó, arqueando con seriedad las cejas, que él nunca se separaba de su nieto, que si quería conocerlo sólo tenía que agacharse, pues el muchacho se había escondido debajo de la cama. La enfermera hizo como que miraba allí. Pues tiene usted razón, ahí está el niño, pero parece muy formal. Uyuyuy, por si acaso no se fíe. Me imagino, señor Nicasio, que usted le querrá mucho. ¿Mucho? Muchísimo.

MARIAJE había encontrado a su padre caído en el suelo y con una brecha en la cabeza que requirió tres puntos de sutura. La brecha era lo de menos. Al tratar de levantarlo, el hombre soltó un alarido. Ella optó entonces por no moverlo y confiar su cuidado a los sanitarios. Mientras esperaban a la ambulancia, Mariaje limpió la herida, que ya no sangraba; cubrió a su padre con una manta y le colocó un cojín envuelto en toallas debajo de la cabeza. ¿Te duele? Bastante. Venga, no te hagas el duro. ¿Te duele, sí o no? Pues me duele mucho, si es eso lo que quieres que responda. Ella no paraba de darle conversación. Lo importante era que no se me desmayase, ¿comprende usted? En ese caso yo no sé qué habría hecho; a lo mejor salir a la escalera y ponerme a gritar. Mariaje averiguó que su padre llevaba varias horas caído. Él, según dijo, acababa de levantarse de la siesta, más o menos a las tres, cuando se pegó la costalada y ahora eran casi las seis y media. Entró a hacer compañía al Nuco. Gustaba de sentarse en una silla con la luz apagada, en el centro del dormitorio, y estarse largos ratos allí dentro pensando en sus cosas o sin pensar en nada. Perdió el equilibrio, no recordaba cómo. Sospecha que tropezó con algo. En un primer momento no sintió dolor. O quizá sí, aquí, en la cabeza. No lo recuerda bien. Es que fue todo tan rápido... Y por la sensación de mojadura en la sien comprendió que estaba sangrando. Trató de incorporarse. En vano. Tuvo la impresión de que una barra de hierro le atravesaba la parte superior del muslo. Fue incapaz de arrastrarse fuera de la habitación y alcanzar el teléfono. Y, bueno, aún seguiría tirado en el suelo si no fuera porque Mariaje, acicateada por una constante inquietud, solía llamarlo una o dos veces cada día con cualquier pretexto. A la tercera tentativa sin que el hombre se pusiese al aparato, empezó a temerse alguna desgracia y, por salir de dudas, decidió ir a verlo. Vivían a menos de cinco minutos el uno del otro.

Dos días transcurrieron desde la caída hasta que a Nicasio lo operaron de su fractura de cadera. En el tiempo que permaneció en el hospital, Mariaje estuvo todas las horas que pudo a su lado. Y hablaban padre e hija de esto, de lo otro y de lo de más allá, y en una de estas él reveló que semanas antes había tenido un encuentro casual con José Miguel en un lugar apartado del pueblo, bajo la lluvia. Tu marido andaba jodidillo del ánimo porque no consigue dejarte preñada. ¿Eso te contó? Nicasio se mofaba: Todo lo que tiene de grande lo tiene de flojo. Medio en broma, medio en serio, le sugirió a Mariaje que, si la cosa funcionaba, diese a luz una niña porque Nuco sólo hay y habrá uno. Mariaje callaba, absorta en sus pensamientos. Y los surcos cavilosos de su entrecejo dejaban entrever preocupaciones que su padre a buen seguro no entendía. Nueve días estuvo Nicasio en el hospital. El último de ellos, Mariaje le llevó un bastón fabricado en madera de haya, barnizado y con una bonita empuñadura en forma de pico. ¿A quién piensas arrearle con eso? Lo vas a necesitar, ya has oído al doctor. Hija, no me fastidies; los bastones son trastos de viejos y a mí aún me falta bastante recorrido hasta los ochenta.

ERA entrada la noche. Qué pena, dijo él, la espalda recostada contra el cabecero. Y trató de consolarla envolviéndola en sus brazos fuertes de trabajador metalúrgico, no sin antes cerciorarse, pobre ingenuo, de si estaba segura. Quizá quería conocer detalles, pero no se atrevía a pedirlos a las claras.

Mariaje acababa de volver del baño. Dice, tantos años después, que entre ella y José Miguel se había abierto en los últimos tiempos un espacio vacío. Un desierto no muy extenso, de medio metro a lo sumo, pero impenetrable y lleno de oscuridad. No logra explicarlo con mayor precisión. Un hueco separador, también (o sobre todo) cuando se entregaban durante unos rápidos minutos al trámite del sexo diario. Y la culpa de eso que no acierta a nombrar ni a describir, pero su instinto percibía, se la achaca sin la menor vacilación a sí misma.

Aún resonaban en la calle voces y cánticos de juerguistas. Por esos días de primavera el pueblo celebraba las fiestas de San Félix, su patrón.

El sábado no iré a pescar. ¿Por qué? *Maitia*, qué pregunta, pues por lo que te acaba de pasar: primero se cae tu padre y ahora esto. Nos persigue la mala suerte. Y Mariaje, la cara apoyada en el pecho de él, le dijo que prefería que fuera con sus amigos en el barco, que la vida no se podía parar, que no quería más dramas. Agregó otros argumentos por el estilo mientras él callaba. Seguía el barullo festivo en las calles del barrio, entreverado de ráfagas de música provenientes de algún local cercano.

Y ahora fue José Miguel quien se dirigió a oscuras al baño. ¿Adónde vas? Que no se aguantaba las ganas de mear. Cuando estuvo de vuelta en el dormitorio, Mariaje se adelantó a cualquier posible comentario diciéndole que ella ya había limpiado y él no dijo nada y se acostó a tientas.

Después de un rato, como hablando a solas, José Miguel repitió: Qué mala suerte tenemos. Lo dijo con una calma que sonó a cualquier cosa menos a queja. Una simple constatación. La conclusión de un hombre resignado.

Quizá por eso sus palabras le llegaron a Mariaje al alma y no pudo refrenar la emoción. Lloró un rato largo con la cara apretada contra la almohada, tan calladamente que él, borrado por la oscuridad, no lo notó. O quizá sí, quién sabe.

MI *autor acostumbra afirmar que él no escribe con responsabilidad historiográfica. Lo ha dicho a menudo, incluso en público. Sin duda es un hombre reiterativo. Su materia de trabajo, agrega, no es la verdad, sino la suma de detalles que le permita una representación coherente de vidas privadas. Gentes que le profesan aversión le han objetado alguna vez que sus personajes no sean creíbles. El reproche lo deja indiferente, puesto que él no ve problema narrativo alguno en la circunstancia de que sus historias no reflejen con exactitud de espejo lo que ocurre fuera de la escritura o lo que el lector de turno considera que ha ocurrido. Por supuesto que, cuando trata de hechos reales o maneja datos ajenos, respeta la información obtenida, y aun puede que acuda a nuevos documentos para completarla. Tal ha sido el caso en el punto actual de la historia que se me ha encomendado contener. Sucede que a quien me escribe le surgió una duda que su informante, la denominada en mis páginas Mariaje, no le supo aclarar. Ella descubrió cierto día, por casualidad, un impre-*

so dentro de un sobre con ventana, en la mesilla de noche de su marido. Simplemente estaba haciendo limpieza, abrió el cajón, tuvo un pálpito de curiosidad al ver el sobre abierto y extrajo de él lo que había en su interior. La intrigó el nombre de un laboratorio de Barcelona en el encabezamiento, con su logotipo correspondiente, algo que no lograba relacionar con José Miguel; echó un vistazo al resultado del análisis y, aunque los términos eran un tanto abstrusos para ella, entendió lo esencial. Otro día el sobre no estaba allí y, al cabo de un tiempo, faltando poco para cumplirse doce meses del accidente del colegio, pasó lo que pasó y ahora ella no sabe explicarle a mi autor los pormenores exactos del documento. Ha sido inevitable llevar a término una comprobación a espaldas de la tal Mariaje. Mi autor ha preguntado por correo electrónico a un amigo suyo, de profesión médico, si a principios de los años ochenta del siglo pasado ya se efectuaban espermogramas en España, a lo que este amigo, estudiante de medicina por aquel entonces, tras consultarlo para mayor seguridad con un colega de la profesión, le ha respondido que sí.

A Nicasio le habían comunicado la fecha en que iban a darle el alta. El hombre tenía tantas ganas de volver a casa que, cuando sentía algún dolor, se lo callaba, temeroso de que el médico ordenase más pruebas y análisis y mandangas que alargasen su estancia en el hospital. Entonces no se estilaba como ahora el andador y él aborrecía a muerte los bastones y las muletas. Y si te vuelves a caer, ¿qué? Aquello fue un descuido, no me caeré nunca más.

La auxiliar de rehabilitación le hacía levantar bolsas rellenas de arena atadas a los tobillos, primero con un pie, después con el otro, y, al principio sobre todo, en la ingle de la pierna que él llamaba la mala le entraban o bien calambres, o bien pinchazos, y mayormente eran estos últimos los que le hacían ver las estrellas. No me sea flojo, señor Nicasio. ¿Flojo yo? En cuanto salga de esta prisión, subiré andando al cementerio de mi pueblo. ¿Y qué se le ha perdido a usted allí? Cosas mías. Me gusta pasear. Ah, pues no está mal que dé paseos. Ya ha oído al doctor. Evite la vida sedentaria.

Ese mismo día, a la llegada de Mariaje al hospital, Nicasio estaba de buen humor. No era para menos. El viernes salgo. Y acordó con su hija que José Miguel viniera con el coche a llevarlo a Ortuella y lo ayudase a subir las escaleras de su casa. Pero tendrá que ser por la tarde porque esta semana él tiene turno de mañana, a lo cual Nicasio dio su aprobación. Ya había sufrido lo suficiente, dijo, como para soportar el dolor de pagar un taxi.

Padre e hija estuvieron caminando un rato arriba y abajo del pasillo, él cogido del brazo de ella y, en la otra mano, el bastón que tanto detestaba. Nicasio decía sentirse cada vez más seguro, pero por si acaso andaban los dos despacio, extremando la precaución. ¿Te gusta el chocolate que te he traído? Mejor que chocolate tráeme una nieta. Como no te la pinte... Pero ¿no lo estabais intentando? Mariaje pidió a su padre que no insistiese, que el asunto no era de broma y que, si se producía alguna novedad, él sería el primero en enterarse. ¿Antes que tu marido? Bueno, en todo caso el mismo día.

Cambiaron de tema de conversación y siguieron andando como hasta entonces. Mariaje, baja de estatura, justo le llegaba a su padre con la frente a la barbilla, y eso que Nicasio distaba de ser un gigante. El hombre volvía de continuo la cara hacia su hija, inclinando la cabeza para poder hablar con ella sin que lo oyeran los sanitarios y visitantes con los que a cada rato se cruzaban por el pasillo. De pronto: Aún te falta un puñado de años hasta los cuarenta. ¿Qué quieres decir con eso? Que no veo impedimento ninguno para que seas de nuevo madre. Tensa e incómoda, Mariaje propuso volver a la habitación. Ya cerca de la puerta, Nicasio no pudo o no quiso guardar la boca. Mi yerno es un musculitos, pero me da a mí que se le ha acabado el fuelle para tener descendencia. Dile que, si necesita ayuda o un buen consejo, venga a verme.

Mariaje abrió la puerta sin hacer un gesto ni decir una palabra.

SE consideraba recuperado y en gran medida lo estaba. Las sucesivas revisiones médicas no habían hecho sino confirmar la paulatina mejoría. El médico le había dicho que aún tiene usted huesos de chaval. Le entraba, sí, a ratos, un dolorcillo en la ingle de la pierna mala, pero no se lo decía a nadie.

Sin hacer caso de las advertencias de Mariaje, un jueves, a las dos semanas de su salida del hospital, decidió reanudar el hábito de subir a pie hasta el cementerio. Por el Nuco yo hago lo que sea. Mala suerte, lloviznaba. Estuvo tentado de postergar la caminata para otro día. De vez en cuando se asomaba a la ventana con la esperanza de que hubiese empezado a escampar. Transcurrían los minutos, las horas, y el cielo tapizado de nubes bajas, de un gris inmóvil, neblinoso, tristón, seguía diseminando sobre los tejados de Ortuella aquella lluvia fina que, más que caer, parecía suspendida en el aire.

Cerca del mediodía, en un arranque de coraje, Nicasio soltó una palabrota como quien lanza una orden de asalto, cogió el paraguas y el bastón odioso que le había regalado Mariaje, y se puso en camino. Un conocido que lo vio por la calle detuvo el coche a su vera y lo llevó hasta la misma entrada del cementerio. ¿Qué, Nicasio, a visitar al nieto? Pues sí, hace un montón de tiempo que no lo veo. ¿Y la cadera? Ahí está.

Como de costumbre, delante de los nichos no había nadie. Y qué abandono, qué suciedad, el día menos pensado todo esto se vendrá abajo. Nicasio rezongaba a cubierto del paraguas, y mientras le explicaba al Nuco las razones de su larga ausencia, con el pañuelo moquero, después con la manga de la gabardina, trató de secar el vidrio que protegía la lápida de su nieto. Tus padres continúan empeñados en fabricarte un sustituto, un Nuco 2; pero, tranquilo, la jugada no les está funcionando ni les va a funcionar.

Con la contera del bastón (coño, pues sí que sirve para algo el trasto), raspó el revestimiento entre dos nichos, en la parte superior del columbario. Se desprendió algo de polvillo mezclado con moho negro. Esto se va a derrumbar cualquier día y los pobres niños, que no llevan aquí ni un año, se quedarán todos esparcidos por el suelo. Nicasio echó la culpa del mal estado de la instalación a la intemperie; pero también al Ayuntamiento, que debería mandar cuanto antes a uno o dos operarios con un saco de yeso y un cubo de pintura.

Por las razones que sean, no lo consiguen. ¿Crees que me dan pena? Ninguna. ¿Lo oyes? Ninguna pena. Tu padre y tu madre llevan unos cuantos meses dale y venga y tira, a ver si hacen una criatura que ocupe tu lugar. No te preocupes, que aquí está tu abuelo para velar por ti. A tus padres les tengo echado el mal de ojo y, por mucho que se apareen, no se van a salir con la suya.

mi pobre padre. Disculpe esta deriva sentimental. Lo vi tan solo, tan desvalido en el hospital de Cruces, antes de la operación, con su aguja clavada en el brazo, sus canas revueltas, su obsesión por el Nuco, que no terminabas nunca de saber si lo suyo era locura verdadera, un juego o algo que nadie entendía, empezando por sus parientes más cercanos, y que a mí me ponía de continuo al borde de decirle: Oye, para ya o acabaremos todos en el manicomio.

José Miguel, que desde los primeros tiempos había mantenido un trato correcto con él, ni bueno ni malo, ahora lo evitaba. Diez minutos con tu viejo, me decía, y luego me esperan dos días de pensamientos tristes y de pesadillas. Ese hombre me deja hecho polvo.

En una de mis primeras visitas al hospital, se me cayó el alma a los pies cuando, delante de mí, una enfermera ayudó a mi padre a hacer sus necesidades y lo limpió. Sentí un rejonazo de vergüenza porque una persona ajena a la familia, de más o menos mi edad, hiciese un trabajo que en principio me correspondía como hija del paciente. Esa misma tarde, un médico a quien fui a pedir información insinuó, o por lo menos no descartó, la posibilidad de que el señor Nicasio, como lo llamaba, acabase postrado en una silla de ruedas. Figúrese usted mi alarma.

Vi la estampa de mi padre sentado en un trasto de esos, que por entonces no eran tan modernos como los eléctricos de ahora; imaginé su estado de absoluta dependencia y me imaginé a mí misma tratando de hacerle comprender que no podíamos ocuparnos de él como merecía y que lo mejor para todos sería ingresarlo en una residencia, denominación que me resultaba menos áspera, menos cruda, no sé, más llevadera que la de asilo de ancianos. Llena de culpa, lo veía a nuestra llegada a la supuesta residencia mirándome, en el momento de separarnos, con un brillo mustio en los ojos, reprochándome en silencio: ¿Así me pagas, hija, todo lo que he hecho por ti en la vida?

El mismo día del ingreso de mi padre en el hospital, a primera hora de la noche, mientras preparaba la cena, arrojé el crucifijo al cubo de la basura, y como me daba un poco de repeluzno verlo allí tirado cada vez que levantaba la tapa para verter desperdicios, lo cubrí con una hoja de periódico. Yo le aseguro que no me dejé llevar por un arrebato. Había sacado la reliquia del cajón donde la guardaba fuera de la vista de mi marido, a quien no hacían ninguna gracia los asuntos de la religión, aún menos desde que se nos murió el niño. A mí, en cambio, me reconfortaba sostener el crucifijo en la palma de la mano, expresarle deseos, contarle mis penas. Pero ya le digo a usted que, después de lo de mi padre, hablar con Dios me pareció lo mismo que hablar con una pared. Y no es que me hubiera vuelto de pronto el descreimiento, si es que alguna vez lo perdí. No. Simplemente llegué a la conclusión de que Dios se había ensañado con nosotros. Se conoce que le caíamos mal y se entretenía lanzándonos una desgracia tras otra desde su trono.

El caso es que serían las nueve de la noche o por ahí cuando cerré la bolsa de la basura con el crucifijo dentro y la bajé a la calle. Allá quedó, depositada en el montón maloliente, y mientras subía las escaleras, de vuelta a casa, me empezaron a venir los malos presentimientos. José Miguel se percató durante la cena de que algo me pasaba. ¿Qué tienes? Nada. Y al rato, ya fregados los cacharros y a punto de sentarme ante el televisor, me entró una angustia descomunal pensando en que Dios me castigaría con más encono que hasta entonces por la profanación que yo acababa de cometer. Fíjese, se me puso un dolor aquí en el pecho por lo fuerte que me latía el corazón. En cuanto mi marido se metió en la cama, bajé a toda velocidad a la calle y busqué entre las bolsas de basura la nuestra, y menos mal que me di prisa porque el camión de la recogida pasó poco después. En casa limpié el crucifijo, sucio de salsa de tomate, con agua y un trapo; pero ya era tarde, ya Dios me tenía preparada su venganza y de ahí a un mes ocurrió lo que usted ya sabe que ocurrió, y entonces sí, entonces el crucifijo de mi madre fue a parar para siempre a la basura.

NICASIO terminó dejando de relacionarse con los amigos y vecinos de Ortuella, y estos, por cortedad, puede que por algún tipo de reparo, dejaron asimismo de buscar su compañía. Los que se cruzaban con él en la calle nunca sabían si respondería a los saludos o continuaría sordo y ausente su camino sin volver la mirada. La mayoría de los vecinos no se tomaba a mal la actitud arisca de Nicasio; antes al contrario, en casi todos ellos despertaba compasión el viejo jubilado y no eran pocos los dispuestos a seguirle el juego dándole a entender que sí, que ellos también creían que el Nuco estaba vivo y cursaba la Educación General Básica en un colegio público de Sestao o de donde se le antojara imaginar al pobre abuelo.

La opinión general suponía a Nicasio con daños mentales por la pérdida del nieto. Así como, con el correr de los meses, mal que bien los afectados por el accidente del colegio iban sobreponiéndose a la desgracia (hasta donde sea posible, claro está, aceptar la muerte de un hijo) o, en todo caso, se la guardaban para sí, sin mencionarla en presencia de otras personas, Nicasio parecía atrapado en un presente inmóvil anterior a la explosión en el colegio. De ahí que estuviera convencido de que no tenía nada a lo que sobreponerse. Otra posibilidad, que se deduce del relato de Mariaje, es que el tiempo se hubiera disociado para él en el momento de la tragedia y ahora avanzase por dos rutas diferentes: una, la de todo el mundo; y otra, la suya, por donde transitaba de la mano del Nuco a través de un camino propio de circunstancias y acontecimientos, bien que compartiendo espacio, aunque a regañadientes, con el resto de la humanidad.

Lo que de él se sabía en el pueblo fue suficiente para evitarle una denuncia a la policía con ocasión de un incidente extraño. Nicasio, recuperado de la fractura de cadera y ya libre de dolor, reanudó sus paseos por el pueblo. Ahora se movía con lentitud cautelosa, resignado a apoyarse en el bastón. Una mañana de domingo, caminando con sol y temperatura agradable por el barrio de Aiega, se topó con unos niños de corta edad que jugaban alegremente alrededor de unos columpios. Tomó asiento en un banco de las inmediaciones. Durante varios minutos se dedicó a observarlos, hasta que de buenas a primeras, aprovechando que estaban sin vigilancia de adultos, agarró de la mano a uno que no tendría más de cuatro o cinco años y se lo llevó hacia la parte alta del pueblo con la promesa de comprarle dulces.

Otro niño se fue tras ellos en la esperanza, se conoce, de recibir asimismo alguna golosina; pero Nicasio, apenas lo sintió a su espalda, se dio la vuelta y lo ahuyentó blandiendo con muy malas pulgas el bastón. Lo que él no sabía era que ambos niños eran miembros de la misma familia. Al más pequeño se lo llevó con él de la mano. El otro debió de pensar que le robaban el hermanito y echó a correr hacia su casa, donde dio aviso a sus padres de lo sucedido. De ahí a poco, una madre alborotada y un padre furioso salieron en persecución del raptor. No tardaron en encontrarlo. La cosa quedó en un susto pasajero al comprobar que era Nicasio, el chalado de Nicasio, según contaron más tarde, quien subía la calle con el niño y le señalaba en aquellos instantes con la contera del bastón unos gorriones posados a lo largo de un cable.

La noticia se propaló rápidamente por el pueblo. A media tarde llegó a oídos de Mariaje, quien, sentada en una silla de la cocina, se abismó en un largo y triste silencio, y de José Miguel, que decía estar hasta los cojones y exigió el ingreso inmediato de su suegro en un centro psiquiátrico.

A Nicasio los chavales de su barrio le sacaron un pareado burlesco a partir no del nombre ficticio que para preservar su identidad aquí se le pone, sino aprovechando el suyo verdadero, con sus dos sílabas finales facilitadoras de una rima grotesca. No bien avistaban su figura lenta y frágil por la calle, le salían al paso y, remedando en son de mofa su manera de andar, le hacían monerías y le cantaban a coro, con gran jolgorio, los dos versos de marras.

Al principio, Nicasio simulaba indiferencia; pero con el tiempo las chanzas proliferaron en tal cantidad que no las pudo desoír, y como no le servía poco ni mucho encararse con sus burladores, por insolentes y numerosos, determinó cambiar el horario de los paseos, exceptuando la visita de los jueves al columbario, hábito al que no estaba dispuesto a renunciar por nada del mundo. Durante una época se acostumbró a vagar de anochecida por las calles de Ortuella, con preferencia por las menos transitadas y siempre a horas en que la mayoría de los vecinos ya se hubiera recogido.

Lo que es por él, habría limitado al máximo sus salidas de casa; pero el médico le había encarecido en varias ocasiones que hiciese ejercicio. Doctor, ¿qué ejercicio? Usted ande. Despacio, pero ande. Y Mariaje vigilaba que su padre siguiera a rajatabla el consejo y, de paso, no saliese a la calle sin bastón.

El pareado que le cantaban al ritmo de una conocida melodía popular, por lo común a voz en cuello, aludía al episodio del niño a quien Nicasio había sacado del parque infantil para comprarle dulces. Poco les importaba a los chavales saber que nunca hubo por parte de la víctima de su burla intención de rapto, sino, con toda probabilidad, una confusión de alucinado.

Al fin, alguien no exento de piedad debió de intervenir en favor de Nicasio. ¿El cura? Eso suponían Mariaje y José Miguel, pero el asunto nunca se aclaró. Lo cierto es que una tarde, en la hora de mayor afluencia de bebedores y juerguistas, Nicasio se atrevió a bajar por la calle que lleva al frontón municipal y, antes de llegar al cruce, pasó cerca de un bar a cuya entrada se congregaba la cuadrilla que con mayor crueldad solía faltarle al respeto. Algunos chavales lo miraron y Nicasio se percató de que lo miraban. Continuó andando calle abajo, convencido de que de un momento a otro se arrancarían con la puñetera rima; pero nadie le dirigió la palabra, ni le hizo gesto alguno de escarnio, ni se metió nunca más con él.

MI *autor resolvió que la historia que, por así decir, se ha propuesto cargar sobre mis espaldas surgiese principalmente, pero no sólo, de las revelaciones de la aquí llamada Mariaje. De esta sufrida y, en mi opinión, valerosa mujer (pido disculpas por inmiscuirme en lo que no me atañe) habré de tomar cualesquiera datos concernientes a su padre. Como resulta imposible que una persona lo sepa todo de otra, por muy estrechos que sean los lazos que las unan, hubo convenio entre el autor y la informante para que al hilo de lo que debo relatar pudieran atribuírsele al señor Nicasio palabras, acciones y finalidades imaginarias, siempre que no fueran afrentosas con él ni inverosímiles. A mí esto me parece bien. Lo digo con la imparcialidad (sospecho que estoy de broma) que me confiere el hallarme exento de decidir mi contenido. La idea, claro está, es que el buen hombre reciba su merecida cuota de protagonismo y, al mismo tiempo, que no transite por mis renglones desprovisto de espesor humano. Llegados a esta página, creo (hasta aquí la imparcialidad) no haber incumplido con lo que de mí se esperaba. Quién sabe si los posibles lectores, de haberlos alguna vez, lo verán igual.*

En ningún caso, lo que el autor atribuya al señor Nicasio deberá contradecir los datos que Mariaje le proporcione. El resultado, se le advirtió a esta señora, será forzosamente novelesco por mucho que se me haga recorrer tramos de historia veraz. La gran ventaja del procedimiento es que estaré en condiciones de referir episodios protagonizados por Nicasio sobre los que no hay constancia testimonial por haber sido vividos por él en ausencia de testigos.

Después de pensárselo unos días y de consultarlo con su amiga peluquera, Mariaje anunció que estaba de acuerdo con la propuesta; pero introdujo dos condiciones de inexcusable cumplimiento. La una es que la figura de su padre fuera tratada en mí con el máximo respeto. Será ella quien determine si tal cosa ocurre a cabalidad. Aunque Nicasio mostró en los últimos años de su vida un comportamiento, digamos, peculiar, que le generó fama de loco en el pueblo, en la historia escrita se evitará por todos los medios mostrarlo como un personaje risible. Tal es la mayor preocupación de su hija.

La otra condición tampoco fue objetada por quien me escribe. Mariaje me revisará a fondo antes que yo sea publicado (si es que tal cosa sucede), reservándose el derecho a cambiar o suprimir palabras, oraciones y hasta pasajes enteros si lo considera oportuno. En lo tocante a su marido, exige que yo abarque solamente los hechos por ella transmi-

tidos, a lo que no deberá añadirse por parte de quien me escribe ni un detalle ni un vocablo que no procedan de la información por ella suministrada. Insistió en este punto más que en todo lo relativo a su padre.

PODÍA haber venido a decírmelo a la cara. Era lo mínimo que se podía esperar de alguien que llevaba el barco y pasaba por ser el mejor amigo de mi marido. Pero el cagueta prefirió mantenerse a distancia y no enseñar la cara. O sea, prefirió el teléfono. Me da que lo aterraba verse metido en una escena de melodrama con mujer histérica que grita, se arranca los cabellos y se revuelca en la moqueta. Ese no me conoce a mí. Para entonces yo ya había derramado la última gota de mi cisterna de lágrimas. Pues no me había vuelto yo poco dura ni nada.

Aunque... Vaya usted a saber si no se atrevió a darme la mala nueva en mi presencia porque la pérdida del Nuco me había convertido en una apestada. Esto, créame, lo tengo yo comprobado un montón de veces. A la gente no le gusta rozarse con las víctimas. Víctimas de accidentes, de enfermedades, del terrorismo, de lo que sea. Es como si temieran contagiarse. Y ya José

Miguel me contó en varias ocasiones que en el barco, después de la formalidad inevitable del pésame, nunca se habló del niño, como si el angelito no hubiera existido.

José Miguel me explicó que los hombres de esta tierra a veces (imagino que habrá excepciones) no necesitan palabras para comunicarse. ¿Os enseñáis dibujos o qué? No, *maitia.* Estás con un amigo y, sin abrir la boca y sin el cotorreo vuestro de las mujeres, le cuentas lo que le quieras contar y él te responde igual de silencioso con la mirada o poniéndote la mano en el hombro para expresar que te escucha y te entiende. Así se ahorra uno tener que conversar, lo que a menudo puede suponer un engorro. Que si le comprendía. Pues, majo, más o menos. Mejor dímelo sin palabras, a la manera vuestra de los hombres que, pudiendo hablar, se quedan mudos. Yo, en cambio, con mi amiga Garbiñe, me vacío. Le confieso a usted que, cuando estamos juntas y no nos oye nadie, le vomito sin tapujos mis pensamientos y mis miedos y ella a mí lo mismo. Nos ponemos perdidas de intimidades y no me parece que por eso seamos personas raras.

Se me hace a mí que Josetxo se escudó en el pretexto de evitar que fuera la Guardia Civil la que me transmitiese la noticia para justificar el frío trámite de la llamada telefónica. Que lo sentía. Que sientes ¿qué? Pero si aún no me has dicho lo que ha pasado. Ni falta que hacía. En cuanto oí nombrar a la Guardia

Civil lo adiviné, aunque se me escapasen los detalles. Se ha ahogado, ¿es eso? Se produjo un silencio en el teléfono que no pude menos de interpretar como la confirmación de mi sospecha. Después de unos segundos, él precisó: Ahogado no sabemos. Desaparecido. Y a continuación emitió unos sonidos bucales que yo no sé si eran lamentos agudos o risitas por lo bajo. Me importaba un rábano saberlo.

LO que Mariaje averiguó del caso se corresponde punto por punto con lo expuesto en el atestado de la Guardia Civil y en la declaración judicial de los ocupantes del barco. A ello apenas podrían añadirse algunos detalles de poca monta que Josetxo le contó pasado un tiempo. El *Ederra Mendi* zarpó como tantas otras veces del puerto de Santurce un sábado a media tarde. El barco tenía estas y las otras características, qué más da. Era propiedad del padre de Josetxo, que lo destinó durante décadas a la pesca de bajura. Cumplida la edad de jubilarse, estuvo a punto de venderlo, pero al final se lo cedió al hijo, buen piloto, quien gustaba de usarlo para recreo y pesca deportiva los fines de semana y durante las vacaciones.

La noche en que José Miguel desapareció en el mar estaban con él en el barco, además de Josetxo a cargo del timón, dos amigos cuya identidad nada aporta a esta historia. Se dirigieron a una zona que les traía buena suerte o eso es lo que ellos pensaban. La oscuridad los fue envolviendo mientras probaban fortuna a unas cinco millas de la costa. Un sinfín de estrellas brillaba en el cielo nocturno, sin que les pudieran disputar la primacía lumínica la ciudad y la luna, aquella por lejana, esta porque abultaba lo que un gajo fino y tenue. Soplaba un viento racheado, con un punto de frescor que lo hacía por momentos desapacible, y había bastante oleaje, pero no mala mar. Los cuatro amigos estaban acostumbrados a la oscilación constante del barco. Habían conocido noches más turbulentas y en dos o tres ocasiones a lo largo de los años la prudencia les aconsejó volver a puerto antes de lo previsto. No eran desde luego marineros de profesión, pero tampoco unos incautos. Iban a pasar el rato y a lo que cayese, que por lo general no era mucho, pues además de alejarse poco de tierra y por poco tiempo, no empleaban más aparejo que la caña. Podía ocurrir que por excepción, según la zona y la temporada de pesca, echasen mano del palangre. De vez en cuando, en alguna salida, picaba un bonito o cualquier otra pieza vistosa, y entonces volvían bromistas y satisfechos a casa el domingo por la mañana. Otras noches no había modo de arrancarle un pez al mar.

Minutos antes de las dos de la madrugada, uno de la cuadrilla echó en falta a José Miguel. El *Ederra Mendi* disponía de una reducida cabina para el piloto. Le faltaba, sin embargo, espacio para albergar una bodega, por lo que con un rápido vistazo podía comprobarse si todos los ocupantes se encontraban o no a bordo. Yo pensaba que estaba a tu lado. A mi lado qué coño va a estar. Lo llamaron a gritos, haciendo bocina con las manos. Y las voces se borraban en la oscuridad barridas por el viento. La alarma de los tres amigos subió de punto cuando descubrieron que la caña de José Miguel seguía encajada en la abrazadera. Las sacudidas de la punta delataban el forcejeo de algún pez por soltarse del anzuelo. Buscaron al desaparecido con el foco de cubierta y con linternas, listo el salvavidas para tirárselo lo más cerca posible. Lo estuvieron llamando largo rato, incluso después de perdida la esperanza de obtener respuesta, y no pararon de navegar despacio y en círculo hasta las primeras luces del amanecer, que fue cuando, resignados a lo peor, decidieron poner rumbo al puerto.

A su llegada a Santurce, los tres amigos se personaron sin demora en la comandancia de la Guardia Civil, donde, tras las diligencias de rigor, se dispuso que una patrulla saliese en busca de José Miguel. Los tres amigos debieron responder, cada uno por separado, a una larga ristra de preguntas. Algunas traslucían una ostensible suspicacia, como si los agentes trataran de pillarlos en contradicciones o no les creyeran. A la operación de rescate se sumó una lancha motora de la Cruz Roja. Entre una cosa y otra, transcurrieron cerca de dos horas antes que Josetxo lograra reunir el temple suficiente y se decidiera a marcar el número de teléfono de Mariaje.

EL jueves anterior, al ver la mugre y el polvo acumulados en el vidrio que protegía la lápida, Nicasio tomó la decisión de subir la siguiente vez al cementerio provisto de un trapo y una botella de limpiacristales. En cuanto te descuidas, esto se pone hecho un asco. Achacaba la suciedad al humo de las fábricas de los contornos, sobre todo cuando se mezcla con el agua de lluvia, y se quejaba entre dientes del descuido con que algunos trataban su parte correspondiente del columbario. ¿De qué sirve que yo limpie mi nicho si el de al lado descuida el suyo? Y los del Ayuntamiento, despotricaba en la mañana tranquila del cementerio, como siempre tocándose las pelotas.

Pronto haría un año del accidente y ya se apreciaban indicios de deterioro en algunos elementos de la estructura, culpa, en su opinión, de los parientes que no visitan a los críos y los dejan a merced de la intemperie, abandonados como si esto fuera un vertedero de muertos y ahí os pudráis.

Nuco, tu abuelo está otra vez en forma. Como lo oyes. He subido a pie, apoyándome en el mango del paraguas. Lo he cogido aunque no llueve, pues lo prefiero al puto bastón que me hace parecer un vejestorio. Andaba bastante más despacio que antes de fracturarse la cadera. Y es que, según como pisase, sentía en la ingle de la pierna mala un pinchazo. No todo el tiempo. Más que nada al principio de la caminata; luego, a medida que iba entrando en calor, el dolorcillo remitía, llegando incluso a desaparecer. El médico había dictaminado a la vista de las radiografías la completa curación del paciente; pero le insistía en la importancia del ejercicio físico. Movimiento, Nicasio, mucho movimiento. Está bien, doctor. Se hará lo que se pueda.

Nicasio roció el vidrio con aquella sustancia que despedía un olor penetrante y a continuación pasó el trapo. Así varias veces, hasta que le pareció que toda la luz de la mañana se concentraba en la lápida de su nieto y la hacía brillar como nueva. Esto ya está mejor. Miró a los lados para cerciorarse de que nadie lo oía. La boca a escasa distancia del vidrio, susurró que se había producido una novedad muy gorda. No te voy a pedir que intentes adivinarla porque no acertarías jamás. Y en pocas y sencillas palabras que el niño pudiera entender, le reveló lo sucedido a José Miguel la noche del sábado al domingo. Para mí que él y sus amigotes estuvieron pimplando de lo lindo hasta las tantas en el barco y, claro, habría viento y olas y tu *aita,* que toda la vida ha sido un torpón y llevaría una cogorza de aquí a la Conchinchina, se fue al suelo, con tan mala fortuna que en este caso el suelo eran las aguas del mar. No te hagas ilusiones de que venga a vivir contigo y te traiga un regalo. Todavía no lo han encontrado ni lo van a encontrar. A estas horas estará en el fondo del océano sirviendo de banquete a los cangrejos. Eso sí, menudo lío como no aparezca el cuerpo. No sé qué dice exactamente la ley; pero imagino que deberá pasar un montón de años para que lo declaren difunto y Mariaje pueda cobrar lo que le corresponda como viuda.

TRAS la conversación telefónica con Josetxo, me quedé mirando como una boba el calendario de la pared. Miraba los números sin pensar en ellos ni pensar en nada. Los miraba simplemente. Hervía a mi lado una cazuela con alubias de Tolosa, uno de los platos favoritos de José Miguel. Las cocinaba sólo por él como en otros tiempos también por el niño, pues a mí, la verdad, las alubias, esas y de cualquier otra clase, no me hacen gracia. Apagué el fuego. Total, ¿para quién cocinar? A continuación me senté descalza en una silla delante de la ventana del dormitorio, de tal manera que la luz del sol me diese de lleno en las mejillas. Por la ventana se veía por todo paisaje la fachada del edificio de enfrente con sus tuberías oxidadas, cables y ropa puesta a secar. Faltó poco para quedarme dormida. Le aseguro que no sentía nada. Mi sensación de vacío era total. Observaba mis pies descalzos como si por primera vez en mi vida me diera cuenta de que los tenía. Ay, Mariaje, Mariaje, deberías haber sido un poco más coqueta, más vanidosa, y acicalarte más. Ya lo decía mi difunta madre. Hija, te conformas con poco. Y tenía razón. Me casé con mi primer y único novio, y ahora resulta que se lo había tragado el mar. Tantas ilusiones, tantos proyectos, tanto trabajo... ¿para qué? Desde las primeras palabras de Josetxo por el teléfono comprendí que yo estaba predestinada a ser viuda. Créame, es como si lo fuese desde hacía mucho tiempo, quizá desde que nací, y sólo faltara un último y pequeño requisito: que mi marido dejase de existir. Me parecía estar interpretando un guion conocido de antemano. Imagino que todo esto que le cuento son bagatelas con las que será difícil hacer literatura. Yo me limito a contarle lo mío con sinceridad.

Comenzada la tarde del domingo, aún no se había confirmado la muerte de José Miguel. Mira que si se ha pegado la hombrada de alcanzar la costa a nado, porque buen nadador sí que era y brazos no le faltaban. Pero habían pasado demasiadas horas y él no me habría dejado con la incertidumbre y la angustia en caso de hallarse a salvo, y nadar cinco millas náuticas de noche por aguas frías y con olas, sin un entrenamiento previo ni vestimenta adecuada, no es cosa al alcance de cualquiera. Cabe la posibilidad de que se hubiera agarrado a una boya o lo hubiese recogido una embarcación de paso. A mí nadie me había notificado aún su fallecimiento; pero, en el fondo, ¿qué falta me hacía? Yo estaba convencida de que jamás volvería a ver vivo a mi marido. Con eso y todo, no me conmoví como se supone que debía conmoverme. Yo no afirmaría que la pérdida del niño me hubiese adiestrado en la entereza. Ojalá. Más bien me paralizó por dentro, haciéndome insensible a tantas cosas que en los viejos tiempos me causaban impresión y ahora no. Tras la muerte del Nuco, se fue apoderando de mí una especie de atonía, de desfallecimiento, de ganas de no sentir nada. Y, sin embargo, pude esquivar la depresión, en parte por la ayuda de José Miguel, quien desde el primer momento se ocupó de levantarme el ánimo, por las noches sobre todo, cuando me envolvía en sus brazos y me decía palabras dulces y aquello de que entre los dos saldríamos adelante, que no podíamos dejarnos vencer por la tristeza, que tendríamos que aprender a vivir con el dolor de haber perdido a nuestro hijo, pero que juntos lo lograríamos, *maitia*. Y luego me besaba, grande y tierno, y nunca me salió darle las gracias, porque en el fondo de mí veía nuestras vidas rotas como una vasija de vidrio cuyos cachos dispersos no se pueden juntar por mucho que una se empeñe. De alguna manera mi marido dejó de agradarme: su olor, sus manos ásperas que antes me chiflaban, su forma de ser, lo cual, no me interprete usted mal, no significa que yo no le estuviese agradecida. Todavía lo estoy. Ya le digo; cuando Josetxo me comunicó que José Miguel había desaparecido, me pasé una hora en la silla contemplando mis pies, tan indiferente a todo que estoy por creer que, si me hubieran atravesado el cuerpo de parte a parte con un estoque, no lo habría notado.

y el matrimonio, poco propenso a las discusiones, en buena medida porque ella tenía un talante conciliador y él se dejaba de costumbre mandar, ahora, azotados por el ventarrón, intercambiaba miradas duras y palabras agrias y gritos, cada uno en su lado de la cama, a altas horas de la madrugada, en altamar.

La cama oscilaba sacudida por las olas que tan pronto rompían en un costado como a los pies o en la cabecera, salpicando en todas direcciones y lanzando flujos espumosos sobre los dos acostados, hasta cubrirlos por un instante. Marido y mujer temblaban de frío, escupían agua salada, se aferraban a las respectivas almohadas, tan empapadas como ellos, y, sin embargo, no se apreciaba en sus facciones el menor indicio de pánico.

Mariaje avivaba la disputa reprochándole a José Miguel su intención de ahogarse. ¿Crees que no lo noto? En cuanto aparto la mirada, te acercas un poco más al borde. Te aprovechas de la oscuridad, pero yo te veo igual. No me aprovecho de nada. La cama se está hundiendo; juntos pesamos demasiado y por eso aquí sólo se puede salvar uno de los dos. Pues sálvate tú. No, mejor tú. ¿Y por qué yo? Joder, porque eres una mujer. ¿Valgo más o qué? Para mí, sí.

Ella consideró que debían hacer un esfuerzo por reconciliarse. Sería una pena que, después de tantos años de convivencia armónica, uno de los dos se ahogara o nos ahogáramos los dos sin haber puesto fin a la pelea matrimonial. ¿Por qué no te dejas querer? Pero ¡si no hago otra cosa desde que te conocí! Aunque pálida, la luz de la luna alcanzaba a iluminar lo suficiente para que ellos pudieran verse las caras. Mariaje deseaba acercarse a su marido y buscar refugio y calor entre sus brazos; pero los bruscos movimientos de la cama se lo impedían.

A lo lejos se avistaban puntos de luz procedentes de alguna localidad costera. ¿Y si remaran hacia allá? ¿Cómo, si aquí no hay remos? Cada uno con un brazo, tú en tu lado y yo en el mío. Con el otro brazo se agarrarían al colchón o a los barrotes del cabecero para no caer. José Miguel respondió que no tenía ganas, que estaba muerto de fatiga y no le veía sentido a emprender una aventura claramente condenada al fracaso. Guardaron silencio. Bastante tenían con no dejarse arrastrar fuera de la cama por las acometidas incesantes del oleaje.

En esto, una nube ocultó la luna. Por espacio de medio minuto el mar se convirtió en una enorme masa de negrura sobre la que ululaba con furia desatada el temporal. La nube, de tamaño pequeño, pasó ligera y la luna se enseñoreó nuevamente del firmamento nocturno. Mariaje se percató de que estaba sola. ¿José Miguel? No hubo respuesta. La almohada de su marido flotaba a varios metros de distancia, en medio de las aguas revueltas. Espero al menos que no hayas sufrido. Apoyó o más bien dejó caer la cabeza sobre el revoltillo de sábanas encharcadas. Que sea lo que Dios quiera. Y mientras esperaba la misma suerte que su marido, debió de vencerla el sueño, pues de ahí en adelante no tuvo noción alguna de los bandazos de la cama ni del agua gélida que una y otra vez le pasaba por encima, hasta que de pronto sonó el despertador y, rendida de cansancio como si no hubiera pegado ojo en toda la noche, se llegó primero a la playa por su propio pie; después, tierra adentro, al cuarto de baño, donde hizo sus necesidades y se lavó las manos y la cara. Despuntaba el día.

EL entierro fue poco concurrido. Así lo quiso Mariaje con el acuerdo de su padre. Nicasio deseaba evitar a toda costa el roce con la gente. Tener que saludar, tener que hablar, esas cosas. Cuanto antes nos saquemos este asunto de encima, mejor. Decidieron retrasar unos días la publicación de la esquela en el periódico a fin de que la gente de Ortuella se enterase del hallazgo del cadáver cuando este ya estuviera a cubierto bajo una losa. Bien es verdad que *El Correo Español - El Pueblo Vasco* se había hecho eco en una breve nota del descubrimiento en la playa de Arrietara de un cuerpo en avanzado estado de descomposición. Ni su nombre ni otras señas personales constaban en el escrito, descontando el detalle de que se trataba de un varón y de la edad aproximada. La falta de mayores aclaraciones hacía difícil, si no imposible, averiguar que el ahogado era José Miguel.

Al sepelio asistieron los amigos íntimos, unos pocos compañeros de Nervacero y tres parientes venidos ex profeso de Bembibre: María del Pilar, el guardia civil (sin uniforme) y la madre del finado, quien hacía un tiempo se había ido a vivir cerca de la hija y los nietos. No hubo ceremonia religiosa. Ni un responso ni unas gotas de hisopo. Mariaje había preferido no mandar aviso al párroco. La mañana lluviosa, metida en una grisura de neblina sucia y triste que borraba la cima de los montes circundantes, tampoco convidaba a alargar el trámite. Los congregados en rededor de la tumba hablaban poco y en susurros, evitando mirarse a la cara. Acabado el entierro, se dirigieron en procesión silenciosa a la salida y, espoleados por la lluvia cada vez más recia, se dispersaron con celeridad. Los familiares de José Miguel ya habían anunciado con antelación que se volverían sin demora a Bembibre.

Nicasio se rezagó aposta. Insistía en permanecer en el cementerio. Mariaje no se sentía con fuerzas para llevarle la contraria. Haz lo que quieras, pero tápate bien con el paraguas. Besó a su padre en la mejilla y se montó en uno de los coches estacionados delante de la entrada. Una vez solo, el viejo se encaminó con sus pasos lentos, apoyado en el bastón, hacia el nicho del Nuco.

Acabamos de enterrar a tu *aita* ahí arriba, al lado del muro. Un poco más y el grandullón no cabe en la caja. Acto seguido, volvió a contarle al niño la historia del hombre fuerte, pero torpe, que va a pescar con los amigos y no tiene mejor idea que caerse al agua. Unos bañistas lo encontraron el miércoles pasado, a primera hora de la mañana, flotando a escasos metros de la orilla. Vestía unos pantalones impermeables de color amarillo, de esos que llevan los pescadores de verdad; debajo, los pantalones normales, y en un bolsillo de estos que se cerraba con un botón, guardaba la cartera con algo de dinero mojado, fotos y el carnet. Así que tu madre no ha tenido que andar a la brega para reconocerlo. La Guardia Civil se lo entregó envuelto e identificado. Le he dicho a Mariaje: En el fondo qué suerte has tenido, porque mira que si el muerto no aparece, ¡menudo lío luego de papeles! Nuco, si ves a tu *aita* por ahí, dile de mi parte que es un patoso y que a ver qué hace ahora mi hija sin una colocación y sin ingresos.

A la salida del cementerio, tras despedirse de su padre, Mariaje se las ingenió para hablar un instante al margen del grupo con Josetxo, a quien emplazó a visitarla en su casa sin pérdida de tiempo, a poder ser esa misma mañana. Añadió que tenía que hacerle algunas preguntas acerca de José Miguel, y el otro, vacilante al principio, quizá amilanado por el gesto serio, adusto incluso, de la viuda de su mejor amigo, le respondió que no le era posible visitarla antes de las ocho de la tarde. Si había algún inconveniente en que fuera a verla entonces. No lo había. Y acordaron encontrarse en casa de ella a dicha hora.

Josetxo llegó a la vivienda con su mono de trabajo y veinticinco minutos de retraso, que atribuyó a los incordios del tráfico agravados por la lluvia. Tomaron asiento a la mesa de la sala. Ella le ofreció de comer y beber. Josetxo declinó. No disponía de mucho tiempo, por lo que agradecería que Mariaje fuera directamente al grano. No te entretendré más de un cuarto de hora, pero es muy importante para mí que me proporciones información sobre un asunto que no consigo apartar del pensamiento.

Le pidió lo primero de todo que le contase lo que había sucedido en el *Ederra Mendi* desde la última vez que vio a José Miguel hasta que notaron que ya no estaba a bordo. Pero, mujer, ya te lo conté. Cuéntamelo de nuevo, te lo ruego. Y él repitió lo que ya le había dicho en otra ocasión, agregando un puñado de pormenores tan novedosos como insignificantes que no alteraban lo más mínimo su versión de los hechos.

Josetxo abrigaba el firme convencimiento de que José Miguel se había caído al agua. ¿No te lo crees? Yo qué sé, no estaba allí. En su declaración policial, los otros dos amigos presentes en el barco aquella noche coincidieron en defender la hipótesis del accidente. Puede que José Miguel hubiera sufrido un desvanecimiento. Igual, en el momento de perder el equilibrio por un tropiezo o por causa de los meneos del barco, su cabeza chocó contra algo duro. Son cosas que pasan y que no tienen por qué acabar de forma trágica. No sería la primera vez que yo he vuelto a casa vendado. Mi padre, sin ir más lejos, un día, pescando con peor mar que la que nosotros tuvimos, se fracturó la muñeca. Y para terminar de despejar cualquier asomo de suspicacia, le recordó a Mariaje que la Guardia Civil no había encontrado signos de violencia en el cadáver.

Ella persistía en su actitud cavilosa. Ni siquiera parecía prestar atención a las palabras de Josetxo. Y, como hablando consigo misma, mencionó la posibilidad de un inesperado golpe de mar. Josetxo se apresuró a sacudir la cabeza en señal negativa. Había ciertamente oleaje, pero no como para arrastrarnos fuera del barco. Lo normal en un mar abierto como el Cantábrico. Fue un accidente, Mariaje. No le des más vueltas. Por alguna razón, José Miguel no pudo echarnos un grito. En ese caso lo habríamos sacado del agua a toda prisa.

Tú y él erais buenos amigos, ¿verdad? Os teníais confianza, quiero decir, y compartíais confidencias, supongo. Josetxo, fruncido el ceño, asintió. Se le notaba incómodo con la conversación. Lanzó una mirada a su reloj de pulsera, manifestando sin disimulo su deseo de poner fin a la visita. A Mariaje no le pasó inadvertido el gesto. Una última pregunta y no te retengo más. Ella quería saber si José Miguel le había revelado últimamente algún tipo de problema personal, no sé, cualquier cuestión que le alterase los nervios o le causara pesadumbre. Josetxo, que ya se había puesto de pie con la intención evidente de despedirse, respondió que la única preocupación que le había notado a José Miguel de un tiempo a esta parte era la de perder el puesto de trabajo. Tenía miedo a que lo despidieran como lo tenía el resto de los compañeros. Se rumoreaba que la empresa había entrado en números rojos. La crisis, ya sabes. Y, efectivamente, se había producido una primera regulación de plantilla que no afectó a José Miguel, quien, además, aunque era obrero raso, cumplía una función en la fábrica para la que hacían falta conocimientos y veteranía, por lo que, al decir de Josetxo, a su amigo sólo le habría llegado el despido en caso de cierre de la empresa.

¿Te habló de algún problema conmigo? ¿De nuestros intentos fallidos de tener un hijo? Camino del vestíbulo, Josetxo se encogió de hombros. No, de esas cosas no hablábamos.

NO he vuelto a ver a Josetxo desde aquel lejano encuentro en mi casa. Hasta hoy no se ha dado el caso de que me llamase. ¿Cómo te va? ¿Necesitas ayuda? Nada. Ni falta que hace. Y ahora lo tendría difícil para localizarme, puesto que no vivo en Ortuella y va para muchos años que di de baja mi antigua línea telefónica.

Confieso que ya el día en que lo conocí, al poco de ennoviarme con José Miguel, este hombre me inspiró una inmediata y soterrada repugnancia. Nunca se la manifesté. A fin de cuentas, él era amigo de mi marido, no mío. Ignoro de dónde procedía el malestar que me causaba su presencia, porque tampoco es que fuera un tipo feo ni maleducado o que no cuidara su apariencia; pero, ya le digo, era verlo o escuchar su voz, una voz salida como de un canuto cascado, y al punto se me ponía una sensación aceitosa, rancia, en la boca.

De un día para otro desapareció de mi vida como yo desaparecí de la suya, y ni siquiera me di cuenta de ello hasta transcurrido un largo tiempo. Muerto José Miguel, nada nos unía si es que alguna vez nos unió algo. Lo recuerdo entre los invitados de nuestro banquete de bodas, alegre y achispado, cantando y fumando un puro en mangas de camisa. En algunas fotografías de grupo, que por supuesto no conservo, se nos veía a la salida de la iglesia y en la terraza del restaurante mirando a la cámara con sonrisa exagerada, muy cerca el uno del otro; pero si yo tuviera que enumerarle a usted detalles de su vida privada, dudo que pasara de dos o tres menudencias, de las cuales me enteré por José Miguel.

A mí se me hace que Josetxo se marchó dolido de mi casa, pensando que yo les atribuía a él y a sus dos amigos una participación activa en lo que le sucedió a mi marido. Créame, jamás se me ocurrió sospechar una cosa así. Si él hubiera tenido más paciencia y me hubiese concedido, no voy a decir una hora, pero sí quince o veinte minutos más, yo habría sacado a colación el asunto que de verdad me preocupaba; pero como le entró tanta prisa por despedirse, la conversación se acabó antes que yo tuviera oportunidad de sugerir que en la caída de mi marido al mar quizá intervinieron circunstancias de las que nadie tenía noticia. Y así, como me dejó con la palabra en la boca, él debió de creer que yo estaba desquiciada, sufría alucinaciones y lo había citado en mi casa para pedirle cuentas de a saber qué monstruosidad, en lo cual se equivocaba de todo en todo.

Nunca conoceremos la verdad. Me temo que en este punto yo no puedo aportarle a usted un relato completo y, en consecuencia, deberá resignarse a dejar un hueco en su libro o a saltarse el episodio. Todo lo que yo le puedo decir es que, concluidas las diligencias policiales, la Guardia Civil me hizo entrega de las pertenencias que portaba José Miguel la noche de su desaparición, entre ellas la caña y la cesta de pescador, requisadas a Josetxo en su momento por exigencias de las pesquisas. Recibí asimismo la cartera, que, como usted ya sabe, le fue encontrada al ahogado en un bolsillo de los pantalones. Fue lo primero que registré. Dentro había cerca de cuatro mil pesetas en billetes, una fotografía de sus padres, otra mía, otra suya de cuando hizo el servicio militar y, cosa extraña, ninguna del Nuco, aun cuando a mí me consta, y se lo puedo jurar por lo más santo, que en otros tiempos solía llevar tres o cuatro del niño en distintas poses y a distintas edades. También hallé dentro de la cartera el carnet de identidad, húmedo pero en aceptable estado, y la tarjeta protegida por una funda de plástico donde figuraba su grupo sanguíneo.

No abrigaba la menor intención de echar un vistazo al interior de la cesta hasta que pensé que quizá contuviera peces o cebo o sobras de la cena de José

Miguel; en fin, residuos susceptibles de pudrirse. Y fue entonces cuando me llevé una triste sorpresa que me produjo un vuelco al corazón y desató en mí los más funestos pensamientos. Cegada por la ingenuidad, yo había creído que Josetxo me podría sacar de dudas. No fue así, como ya le he contado. Hoy me inclino a pensar que él no estaba verdaderamente al corriente de las intimidades de José Miguel.

Dentro de la cesta encontré, en efecto, un bocadillo a medio comer, con corros de moho. Lo tiré a la basura sin pérdida de tiempo. Y debajo, entre los sedales y las cajitas de plomos y anzuelos, reconocí al primer golpe de vista el espermograma. Sí, señor, aquel papel que José Miguel había recibido de un laboratorio de Barcelona y que yo había descubierto por casualidad en un cajón de su mesilla. Usted, que es hombre, entenderá seguramente mejor que yo el comportamiento de los hombres y acaso me pueda aclarar qué pintaba semejante documento entre los utensilios de pesca de mi marido.

EL guardarropa tenía una puerta con espejo de cuerpo entero. Mariaje, que venía de ducharse, el pelo aún mojado, se paró a examinarse desnuda. El silencio de la vivienda le causaba tal desazón que, por combatirlo, mantenía la radio encendida a todas horas, sin hacerle apenas caso, o tarareaba canciones, incluso por la noche, en la cama, con la luz apagada, o hablaba sin ton ni son consigo misma.

Ahora, sábado, siete y media de la tarde, tocaba monólogo: treinta y tres años, dos meses ya sin marido, trece sin aquel hijo precioso que tuvo, todas sus ilusiones destruidas. Pero aquí sigo, de pie, aguantando firme los palos que quieran darme. ¡Viva la vida y viva la madre que la parió!

Estos pies menudos, limpios, proporcionados, necesitan urgentemente un lacado de uñas. El esmalte, rojo, por supuesto. No soy amiga de extravagancias. Ni tengo edad para desmadrarme con encanto. Ella se las pintaría aunque no llevase los pies al aire por aquello de preservar la autoestima. Y el repentino acceso de coquetería le arrancó una sonrisa. ¿De qué te ríes? Se formuló la pregunta en voz alta, como si estuviera hablando con otra persona, mientras se escrutaba con impostada expresión de desafío en el espejo.

Y de forma impensada le vino la canción a la boca:

Hoy, para mí, es un día especial.
Hoy saldré por la noche.

Se le había olvidado la letra de algunas estrofas. Llenaba con un socorrido la, la, la los huecos que su mala memoria era incapaz de llenar. Y concluyó, ahora sí, sin sombra de vacilación:

¿Qué pasará? ¿Qué misterio habrá?
Puede ser mi gran noche
y, al despertar, ya mi vida sabrá
algo que no conoce.

Fue alzando una mirada de inspectora rigurosa en busca de defectos. Pasó revista a las piernas. Continuaría como hasta ahora con la depilación a la cera una vez por mes. Y en los muslos no quiso detenerse porque las marcas de la celulitis, aunque todavía incipientes, le producían un escozor de vergüenza y rechazo en los ojos. Lo peor de mi cuerpo con diferencia. Le afeaba el costado de un muslo un cardenal casi negro, consecuencia de un golpe que se había dado días atrás contra la puerta del armarito del baño; pero, en fin, ese era un problema soluble.

Detuvo a continuación la mirada en el pubis. Demasiado peludo. Parece mentira que una ejerza de peluquera. Me podría hacer la permanente con todo el musgo que cuelga ahí. Hoy mismo, antes de vestirme, le meto las tijeras. Y descubrió en la maraña oscura tres, no, cuatro canas. ¡Lo que faltaba! Una anciana de treinta y tres años.

Más benévola se mostró en el juicio del vientre y las caderas. Estas, anchas; aquel, menos liso de lo que a ella le habría gustado; pero es que ahí dentro se formó una criatura totalmente mía, que la hice yo solita con mis órganos reproductores. Y de los dolores del parto ya ni te cuento.

Me convendría perder cinco kilos. Quien dice cinco, dice seis. O siete. Y pegar de la noche a la mañana un estirón de veinte centímetros. A mi edad, esto último lo veo difícil.

Sopesó los pechos: voluminosos, pálidos, cruzados de venas, con pezones gordezuelos, color grano de café tostado, gustosos (¿ansiosos?) de llenarle de leche la boquita a un bebé. Ya veremos.

La piel, bien. Aún suave, lisa. Puntuó los hombros con un cinco pelado. Le parecían un poco caídos. Claro, no hago gimnasia, no me muevo, no hago nada.

Debería comprarme un perro que me obligase a caminar; pero, Mariaje, maja, ¿de dónde sacas tú tiempo para perros y paseos?

Se examinó con detenimiento la garganta en busca de los primeros indicios de piel colgante y arrugada, temerosa de heredar el cuello de tortuga de su madre en los últimos años de su vida. El cuello le mereció un sobresaliente. ¿Y la cara? Como siempre, aunque un poco ojerosa de un tiempo a esta parte. Color sano, nariz aceptable, labios bonitos, dentadura católica. Soy guapilla, dicho sea esto con la debida modestia. O sea, que tengo posibilidades.

Y la melena habrá que teñirla con regularidad porque ya empiezan a asomar las primeras hebras blancas.

Conclusión: estoy más buena que el pan de ayer y esta puede..., nada de puede, esta va a ser mi gran noche.

ELLA se apresuró a calificar el episodio de delicado. En otro momento dijo comprometedor. Y en uno ulterior, cuando ya había terminado de referírselo a quien me escribe, confesó que, a pesar de los años transcurridos, seguía sintiendo vergüenza, por más que sus pasos fueron guiados de principio a fin por las mejores intenciones.

No le desagradaría que este último detalle se percibiera con nitidez en el personaje ideado como trasunto suyo.

En su día le contó a Garbiñe lo ocurrido. Con ella tenía confianza. Se lo contaban todo la una a la otra. Garbiñe, que dijo hacerse cargo de la desesperación de su amiga, no contenta con echarle la bronca le hizo prometer que nunca repetiría la experiencia. La disuadió no en nombre de la moral, sino por la imprudencia de exponerse a ciertos peligros a los que cualquier mujer debe sustraerse por la cuenta que le trae.

Nicasio debió de concebir alguna sospecha durante un encuentro casual que tuvieron padre e hija aquel sábado por la calle, cuando ella se dirigía ligera de ropa y maquillada en exceso al apeadero. Ya el sol se había puesto y el hombre vagaba como de costumbre por el pueblo con su nieto imaginario. Mariaje trató de esquivar la curiosidad de su padre con evasivas y cortó pronto el diálogo alegando embusteramente que la esperaba una amiga e iba con prisa. ¿La peluquera? No, una que no conoces. En la secuencia que sigue a esta deberé aludir a dicho encuentro. Lo sé por las notas del autor, que, en cierto modo, también son una parte de mí.

Quien me escribe y yo entendimos que la informante nos estaba sugiriendo la elaboración de una imagen compasiva de ella. En lo que a mí respecta, preferiría no ser redactado con esa finalidad; tampoco, dicho sea de paso, con la contraria. Por suerte, la mujer no insistió. Esperemos que el autor resista la tentación de agradecer con halagos a quien lo obsequió con una historia personal y no haga de mí una sucesión de párrafos lacrimosos o un alegato en favor de los sentimientos nobles. No por nada, sino porque albergo el (supongo que inmodesto) antojo de ser juzgado algún día positivamente.

La mujer invitó al autor a narrar el episodio del hotel con aditivos ficcionales. Al parecer no recordaba que ese acuerdo ya lo habíamos adoptado con anterioridad. Quizá su vergüenza o sus remordimientos sobrepasaban lo que ella misma estaba dispuesta a admitir, y entonces, empujada por el propósito de extremar la cautela, creyó oportuno repetirle al autor lo que este ya sabía. Quizá su pretensión se reduzca a tratar de borrar en mí cierto tipo de huellas bajo una capa de bruma literaria, temerosa de que, si alguna vez merezco ser publicado, algún vecino del pueblo la pudiese identificar tras el nombre de Mariaje.

Manifestó asimismo el deseo de que bajo ningún concepto la protagonista apareciese caracterizada como una puta. El asunto debía de inquietarla tanto como para doblegarse al uso de un lenguaje crudo. Ella quería un hijo que ocupara en su vida el lugar del que perdió, y no dinero o un modo de vida o de sustento, que para eso ya tenía la peluquería, donde ahora, tras enviudar, trabajaba todos los días, mañana y tarde con horario completo y el convenio adquirido de hacerse copropietaria.

Por ruego suyo, el autor cambiará el escenario del episodio, la cafetería de un hotel todavía existente, uno de los más antiguos de la ciudad, si no el más antiguo, cercano a la ría. Mantendrá Bilbao por aquello de que, por tratarse de una ciudad populosa, ayuda a mantener el anonimato.

HIJA, ¿eres tú? Casi no te reconozco. Mariaje oyó la voz de su padre antes de verlo a él. El viejo estaba sentado en los peldaños de piedra que unen, por el costado de la parroquia, la avenida de Lasagabaster con la de la Estación. Por esta última bajaba ella chacoloteando con los tacones sobre las baldosas de la acera. Debería haber elegido otros zapatos más cómodos y sobre todo más silenciosos, y llevar guardados en el bolso los que ahora tenía puestos. Ya era tarde para volver a casa. Habría sido preferible bajar al apeadero dando un rodeo para evitar encuentros indeseados; pero, por otra parte, ¿de qué habría servido la cautela en un pueblo donde hay tantas ventanas y donde todos los vecinos más o menos se conocen? Ahí estaba Nicasio con su calcetín agujereado y su barba canosa de tres o cuatro días, mirándola con expresión de pasmo. Le costó arduos esfuerzos ponerse de pie. Ella aprovechó la circunstancia para unir los bordes de la rebeca y tratar de ocultar así el escote.

Mariaje, hija, te canta el perfume a veinte metros de distancia. Ella comprendió al instante la torpeza de mentir y lo difícil que sería no hacerlo. Discurrió diversas maneras de afrontar las preguntas previsibles de su padre: franquearse a medias, desviar cuanto antes la conversación, alegar prisa. La cara de Nicasio no traslucía el menor signo de reproche, más bien de compasión solidaria. O ella lo interpretaba así conmovida por el triste agujero en el calcetín, que no la dejaba pensar con agilidad. Te has quedado sola. Parece que la vida te tiene manía. Mariaje no encontraba la manera de acortar la conversación sin causarle un desaire a su padre. Le preguntó por qué decía aquello. Pero, hija, si no hay más que ver que te has quitado la sortija de matrimonio.

Se sintió pillada. Pues sí, voy a Bilbao a divertirme un rato porque ya no aguanto más metida en casa, y a ver si te afeitas, que pareces un mendigo. Lo entiendo, lo entiendo, no te preocupes. Si a mí me pasa lo mismo, aunque no tengo edad para ir a ningún sitio. Menos mal que me queda el Nuco.

Eso fue demasiado para Mariaje. Eso y el agujero en el calcetín. Aunque estaba plenamente convencida de que sus ojos ya nunca más derramarían una lágrima, sintió un repentino pujo de llanto, que en caso de desatarse le habría arruinado la sombra de ojos. Lo reprimió a duras penas con la ayuda de un arreón de despecho. Me has convencido, vuelvo a casa. A Nicasio se le enfadaron las cejas. En tono severo ordenó a Mariaje ir a divertirse a Bilbao. ¿Te espera alguien? Una amiga. ¿La peluquera? No, una que no conoces.

Luego, a solas, se metió en cálculos y llegó a la conclusión de que la mención a la amiga era la única mentira que le había dicho a su padre. Le dolió haber cometido con él una deslealtad; pero la consideró inevitable.

El tren llegó a su hora. Mariaje encontró un asiento libre y desde el primer momento se dio cuenta de que los hombres la miraban.

De anochecida me apeé en la estación de Abando. Me la conocía al dedillo de tantas veces que la he pisado, pero lo que nunca me había ocurrido allí es que los hombres (tres o cuatro que estaban fumando junto a una pared y, un poco más allá, otros dos) me silbaron. Tuve mis dudas, créame, que me pusieron al borde del arrepentimiento, y yo creo que, de haber llegado a Bilbao antes del cierre de las tiendas, habría ido corriendo a comprarme ropa menos llamativa.

Recuerdo la dificultad de caminar con los zapatos nuevos. Me estaban destrozando los pies. Yo no tenía ni tengo costumbre de andar con tacones. Evitando en lo posible las luces de farolas y escaparates, fui directa al café Iruña, más que nada porque me pillaba cerca y porque supuse que habría dentro un número grande de parroquianos, como así era. Una muchedumbre ofrece mayores posibilidades de elegir y ser elegida. Supongo que usted me entiende. Las lámparas del local iluminarían indumentarias y fisonomías y ayudarían de esta forma a mi propósito; lo mismo, quise creer, que las anfetaminas ingeridas durante el viaje en tren con la idea de cargarme de valor.

Ocupada la mente en estas esperanzas, entré en el Iruña, que estaba, en efecto, muy concurrido. No vi una sola mesa libre. Tomé asiento en un taburete junto a la barra. Pedí un refresco. Yo no pruebo el alcohol y de algún modo debía justificar mi presencia en el café. ¿Querrá creer usted que no llegué a tocar el vaso? Distinguí al fondo, debajo de uno de los espejos, la cara de una clienta habitual de la peluquería. Ay, Dios, que no me vea con esta pinta. Pagué la consumición y salí a la calle.

Crucé la ría por el puente del Ayuntamiento. Más o menos hacia la mitad me quité los zapatos y seguí descalza, qué liberación, sin saber realmente adónde dirigirme y sin importarme dónde pisaba. Me senté un rato en un banco del Arenal. A primera hora de la tarde, la radio había anunciado lluvia, pero de momento no se había cumplido el pronóstico. En lo que sí había acertado el parte del tiempo era en lo tocante a la temperatura, notablemente más cálida de lo habitual en estas fechas. Por momentos me llegaba un tufo intenso procedente de la ría. Convencida de que lo mejor sería poner fin a la aventura, tomé la decisión de llegarme hasta el siguiente puente y volver a la estación por la calle de la margen opuesta.

Fue entonces, recorrido un corto trecho, cuando vi el hotel al que me referí la última vez que usted y yo nos vimos. Tenía en aquel tiempo, ahora no lo sé, fama de establecimiento de categoría. Había oído decir que algunos equipos de fútbol y cantantes y gente de viso solían alojarse en él. Volví a calzarme y dejé que los pies me llevaran a donde los guiaban mis ilusiones. La imaginación me pintó un hombre alto, guapo, elegante, quizá famoso y en cualquier caso con ganas urgentes de mujer. Luego de un intercambio de sonrisas, me invitaba a tomar un trago en la cafetería y después a su habitación, donde yo le daría su gusto a cambio de que eyaculara dentro de mí. ¿Se extrañaría de que me despidiera sin cobrarle nada? Lo más probable es que se creyese irresistible. Me daba igual. Nunca se enteraría de por qué me había entregado a él.

No funcionó. Ni siquiera tuve la posibilidad de averiguar si existía el hombre elegante, alto y guapo y con ganas de un orgasmo sabatino con una señora complaciente de treinta y tres años. Nada más entrar en el hotel, el recepcionista arrugó el ceño y se dirigió a mí en un tono por demás hostil. ¿Adónde vas? Respondí sin perder la calma que a la cafetería. Por el rabillo del ojo me percaté de que marcaba un número de teléfono. Yo había pedido un refresco como en el Iruña. No hubo tiempo de que me lo sirvieran. En esto apareció una señora con cara de pocos amigos, seguida del recepcionista y de un fortachón con traje y corbata. Largo de aquí, me dijo. Esta es una casa decente. Cogí el primer tren que salió para el pueblo. Fui todo el viaje con los zapatos en la mano, temerosa de que mi sentimiento de humillación y de vergüenza resultara visible al resto de los viajeros. En lugar de compadecerme, dejé que se fuera apagando por sí sola la rabia que me ardía por dentro. A mi llegada a Ortuella, llovía a cántaros. De camino a casa, tiré los zapatos en la primera papelera que vi. Se conoce que me hacía gracia mojarme y que me bajara el agua por la cara y cada dos por tres se me parase una gota en la punta de la nariz, pues es el caso que, subiendo hacia mi barrio, en la oscuridad de las calles vacías me eché de pronto a reír como hacía tiempo que no me reía.

DÍAS más tarde de su aventurilla en Bilbao, Mariaje encontró por fin la ocasión de deshacerse de las pertenencias de José Miguel. Lo había ido postergando por espacio de dos meses debido a la pertinacia de ciertos remordimientos; pero ahora, casi a las puertas del invierno, ya no le quedaba otro remedio que llevar a cabo lo que no se podía seguir demorando, puesto que había dado su aprobación a la propuesta de instalarse en el piso de su padre, lo que también la obligaba a desprenderse de una gran cantidad de avíos y muebles propios.

Empezó por meter la ropa y el calzado de su difunto marido en bolsas. Vació baldas y cajones sin la menor concesión a la nostalgia. Amontonó en la acera, junto al portal, bien a la vista de los transeúntes, las cañas y los aperos de pesca para quienes se los quisieran disputar al camión de la basura. Rasgó fotografías, no sólo aquellas en que aparecía José Miguel solo, sino muchas otras en las que lucía su invariable sonrisa con ella, con el Nuco, con los amigos. Preguntó a Nicasio si deseaba conservar algún objeto del difunto. El reloj de pulsera, unos prismáticos, lo que fuese, por su utilidad o como recuerdo. A Nicasio no le interesaba nada de aquello, y entonces Mariaje, salvo la sortija de matrimonio y una cadena del Sagrado Corazón, ambas de oro, decidió tirarlo todo a la basura o dárselo a un trapero.

Otro tanto hizo con el espermograma extendido por el laboratorio de Barcelona; pero antes de reducirlo a pedazos, se lo enseñó a Garbiñe, a quien ya había contado en una ocasión que José Miguel lo llevaba consigo la noche en que cayó o se tiró al mar. Mira, este es el papel de que te hablé, aunque sin entrar a fondo en la materia. Examinado el documento, Garbiñe confesó que no entendía la jerga de números y abreviaciones; pero captó sin la menor duda los términos de la diagnosis. Entonces, ¿quién era el padre del niño? No lo conoces, uno del pueblo. Y tu marido ¿sospechaba algo? Después del análisis de esperma, supongo que hizo la misma deducción que tú. Pero no te pidió cuentas. Apostaría a que no se atrevió o buscó las palabras adecuadas, no las encontró y prefirió caerse al mar. ¿Le querías? Digamos que era una buena persona.

Mariaje siguió explicando urgida de vaciarse de confidencias. No fue un amorío ni un desliz, aseguró, sino un favor que ella solicitó a un amigo de Ortuella, más bien un conocido, empujada por el presentimiento, casi la certidumbre, de lo que años después habría de demostrar el análisis del laboratorio. El conocido puso una condición. ¿Cuál? Te la puedes imaginar. Yo no me imagino nada. Chica, pues no cargar con los gastos de la criatura ni tener que ocuparse de ella. Se ve que tonto no era. Le hice jurar que, en caso de que la cosa funcionase, guardaría el secreto. ¿Le explicaste el motivo del favor que le pediste? Fue lo primero que le dije: que, según mi entender y después de incontables tentativas, José Miguel no podía tener hijos y yo quería ser madre a cualquier precio. Y entonces os quitasteis la ropa detrás de unos matorrales. No; mientras José Miguel estaba en la fábrica yo iba a su casa y, al tercer o cuarto intento, me preñó. Tal como lo cuentas, parece todo un poco mecánico. Puede ser, pero yo creo que mis cálculos no estaban equivocados. Tendríamos un hijo, mi marido creería que era el padre y entre los tres formaríamos una familia.

Así hablando, Mariaje se lamentó de que empezaba a acumular años y a temer que su vida se convirtiese en lo que en realidad ya era, una continua soledad y una sucesión de días sin aliciente, sin sentido, sin compañía. ¿Tú podrías ayudarme? ¿Cómo? Igual me puedes presentar a alguien. ¿Me tomas por una celestina? No me malinterpretes; no busco novio, sino un simple, sano y aseado semental. ¿Por qué no le preguntas al de la otra vez? Te hizo un hijo precioso. No sé, lo veo de uvas a peras; quizá tenga pareja o esté casado.

La resistencia de Nicasio a relacionarse con la gente del pueblo disminuyó con el paso de los meses. Seguía sin acudir al bar de toda la vida a echar la partida con los amigos, uno de los cuales había fallecido en el entretanto; pero ahora, por la calle o en las escaleras de su edificio, se dejaba envolver con mayor facilidad en conversaciones de circunstancias, cosa que en los primeros tiempos tras el accidente en el colegio rechazaba de plano, a menudo con malos modos.

Un jueves de viento y lluvia aceptó que un vecino lo subiera en su coche al cementerio. No se hizo rogar. El otro sabía de sobra adónde iba el viejo. ¿Te subo? Bueno.

En adelante, tanto a la ida como a la vuelta, Nicasio le tomó gusto a montarse en el vehículo de cualquiera que se ofreciese a llevarlo, y no era raro verlo parado con tal expectativa en el borde de la carretera.

Lo que mantenía sin variaciones era la costumbre

de acercar la cara al vidrio del nicho y susurrarle al nieto confidencias y noticias. El domingo pasado, como hizo buen tiempo, te llevé de paseo al mirador de La Reineta y luego, poco a poco, hasta La Arboleda. ¡Qué vistas tan bonitas hay desde allí! Se veían pueblos a lo lejos, nieve en la cima de los montes, el final de la ría... Una gozada. Como podrás imaginarte, subimos los dos en funicular. No te pensarás que tengo yo piernas para tanta cuesta.

O también: El Athletic le ganó el pasado domingo al Racing de Santander en Santander. Este año pronostico que saldremos campeones, Nuco, y yo vendré aquí a toda pastilla a celebrarlo contigo. A lo mejor en taxi, según como ande de fondos.

Y otra cosa que le contó fue que tu madre, la pobre, que cada día me da más lástima, finalmente ha entrado en razón y se ha venido a vivir conmigo. Anteayer una empresa de mudanzas trasladó sus muebles de un piso al otro. En adelante podré ocuparme un poco de ella, pues me huelo que está perdiendo la cabeza desde que el desgraciado de tu *aita* la dejó viuda. De paso se ahorrará el pago del alquiler y, cuando yo estire la pata, heredará mi piso, que para algo es mío, pagado cuota a cuota durante una porrada de años con el sudor de mi frente. A mí nadie me ha regalado nada en esta vida. Todo lo que tengo, que tampoco es mucho, no te vayas a creer, lo conseguí a base de madrugar y de joderme la salud dando el callo.

HABITACIÓN en penumbra. Por las rendijas de la persiana se filtran unos hilos de claridad. La luz escasa es suficiente para que padre e hija se vean las caras. En el centro hay dos sillas, la permanente de Nicasio y otra al lado recién traída de la cocina para que Mariaje se siente en ella. ¿Y pasas mucho tiempo aquí encerrado? Bastante. ¿Por qué lo haces?

Nicasio explica que, rodeado de los muebles y juguetes del Nuco, experimenta una sensación física de cercanía con el niño que en el cementerio no se da o, en todo caso, dice, no se da del mismo modo. Allá arriba no termina de hallarse a gusto. Lo incomodan las inclemencias meteorológicas. Cuando no llueve, pega demasiado el sol. Si no hace viento, se asa de calor o tiembla de frío. Lo exaspera el deterioro creciente del columbario. A este punto arremete contra el Ayuntamiento, al que acusa de haberse desentendido de sus obligaciones y de haber olvidado por completo lo que pasó en el Marcelino Ugalde. Y luego están todos esos angelitos como metidos en los cajones de una cómoda de grandes dimensiones, con los oídos atentos a lo que él le cuenta al Nuco. En casa encuentra más intimidad, se siente libre para hablar de lo que le venga en gana, no tiene que bajar la voz, tampoco cuando entona canciones infantiles. Ah, pero... Pues claro, ¿qué te creías? Y le resulta más fácil ver (no dice imaginar ni figurarse) al niño entretenido con sus cosas o dormido en la cama. Abuelo y nieto están a sus anchas en la soledad compartida de la casa. Nadie molesta, nadie mira. A veces le riño, no te pienses. Se justifica: Pero sólo cuando se porta mal. Y concluye, contradictorio, bondadoso: Lo que pasa es que el Nuco es un niño tan dulce que casi no hace falta reñirle.

Mariaje adoptó como norma seguirle el juego a su padre. Cada cual, piensa, tiene en esta vida sus fantasmas. Yo, por descontado, tengo los míos y agradecería, si no es demasiado pedir, que nos respetasen a mí y a mis fantasmas. Ella no ignora que corren por el pueblo rumores sobre la presunta chifladura de Nicasio. Vecinas hubo en el bloque de viviendas donde ella residía hasta hace poco que le manifestaron la compasión que sentían por el pobre hombre; pero en el fondo es más lo que la gente supone acerca de Nicasio que lo que de verdad sabe. Mariaje está convencida de que su padre no padece ningún trastorno mental. Sí, de acuerdo, el hombre no es de piedra. Ha sufrido mucho y, por momentos, la pena lo aplasta; pero está segura de dos cosas. Una, que su padre no ha perdido el juicio; y dos, que precisamente para no perderlo se aferra con plena conciencia de sus actos al consuelo de negar la muerte del niño, lo cual a Mariaje le parece bien.

La gente de Ortuella cree que estoy para que me encierren con camisa de fuerza en un manicomio. ¿Tú también lo crees? ¿Yo? Qué cosas dices. Añade que ahora que vamos a vivir juntos espero que me dejes ejercer de abuelo a mi manera, que por otro lado es la única que conozco y admito. ¿Sabrás guardarme el respeto? Padre querido, haz tu vida como hasta ahora, pero déjame que te pida un favor. ¿Cuál? Qué te laves más a menudo. ¿Por qué? Hueles. ¿Ya empiezas como tu madre?

La suerte le depara a cada cual lo suyo; a mí me impuso... La palabra *impuso* suena un tanto áspera. Mejor diré que la suerte me asignó, eso es, me asignó la tarea de ocuparme de mi padre. El hombre había llegado a una edad en que no se le podía dejar solo. Esa y no otra fue la causa de que me fuera a vivir con él: tenerlo cerca y atendido. Pienso en lo mucho que él hizo por mí de niña y de joven; cuidarlo fue una forma de darle las gracias y de manifestarle que lo quería.

Ya antes de vaciar los muebles o de meter el primer cachivache en una caja, la mera idea de la mudanza me colmaba de fatiga. Lo que es por mí, habría permanecido en mi domicilio hasta la hora del juicio universal, aunque tuviese que pagar todos los meses una cuota de alquiler. El pago apenas me suponía un quebranto económico; la soledad doméstica no me agobiaba, entre otras razones porque desde que trabajaba a diario en la peluquería se había producido un fuerte incremento de mis relaciones sociales, y porque me bastaba con encender la radio o el televisor para sentirme acompañada en las horas en que me notaba más expuesta a los sentimientos negativos. De todo esto mi padre no sabía nada, como tampoco sabía la ventaja que representaba para mí entrar y salir sin que nadie en casa estuviese al corriente de mi vida privada. Garbiñe me animó a establecerme en Baracaldo, ofreciéndome su mediación en la búsqueda de un piso; pero yo le hice saber que, mientras mi padre viviese, no me movería de Ortuella.

Viejo y solo, él se había vuelto muy dejado. Bien es verdad que nunca mostró interés por cuidar su apariencia. Recuerdo a mi madre cortándole las uñas de los pies, pelándole el cogote con una cuchilla de afeitar o vistiéndolo como se viste a un muñeco. Le compraba la ropa y el calzado, le colocaba las prendas limpias y planchadas encima de la cama para que él, obediente, se las pusiese, y me inclino a pensar que, si ella lo hubiese querido, él se habría puesto sin protestar y acaso sin darse cuenta un bikini, una sotana, un traje de luces, lo que fuera que a ella se le antojase.

Uno de tantos días de viudez solitaria me llamó por teléfono para pedirme que le comprase urgentemente camisas porque acababa de darse cuenta de que no le quedaba ninguna en buen estado; le pregunté la talla y no la sabía. Sobra decir que era incapaz de hacerse el nudo de la corbata. Las pocas veces que le tocó ponérsela, en bodas y funerales mayormente, pedía ayuda a mi madre. Mi madre se lo hacía todo. Estoy viéndola levantar aquellos preciosos ojos suyos al techo y reprocharle a Dios que le hubiera endosado un marido sin orgullo y sin estilo. Tras la muerte de ella, a mi padre le traía al pairo vestirse así o asá, llevar la misma ropa toda la semana o ir hecho un adán. Yo procuraba echarle de vez en cuando una mano y vigilar hasta donde me fuera posible que mantuviese la higiene personal; pero, claro, casada, con un hijo pequeño al que cuidar y obligaciones a porrillo, yo no podía dedicarle tanto tiempo como hubiera sido conveniente. A menudo lo encontraba por la calle sucio, sin afeitar, con las prendas rotas, descosidas o salpicadas de lamparones, y de pura vergüenza y lástima me entraban ganas de esconderme bajo la tierra.

El piso, en cambio, lo tenía bastante aseado, no digamos la habitación del Nuco, donde no toleraba ni una mota de polvo. Con el resto de la casa se mostraba menos escrupuloso. Había, sí, desorden, pero no miseria; en parte, todo hay que decirlo, porque desde que se quedó viudo tomé la costumbre de ir a su casa al menos un domingo al mes a hacer limpieza a fondo, particularmente de los cristales, el horno y el cuarto de baño, con los que él no se manejaba. En otros tiempos me acompañaba el Nuco. Abuelo y nieto salían de paseo y, mientras tanto, yo despachaba la tarea hasta donde las fuerzas y el tiempo me lo permitían.

Y digo el tiempo porque después, en casa, me esperaba otra tanda de trabajo.

En honor de mi padre debo decir que puso todo su conato en adecentar la vivienda en vísperas de que yo me estableciera en ella, y bien que lo pagó el pobrecillo con un ataque de lumbago que lo obligó a guardar cama. No tuvo inconveniente en vaciar sin mi ayuda la habitación que me correspondía y en deshacerse de algunos muebles para hacer sitio a los míos, entienda usted que a los pocos que juzgué oportuno conservar; bastantes menos, se lo aseguro, que los que terminaron en la basura.

¿QUÉ ha sido eso? Mariaje, que tenía el sueño ligero, descubrió que su padre solía levantarse una o dos veces por las noches. A través del tabique a ella le llegaba el ruido de sus pasos. En el despertador de manecillas fluorescentes comprobaba la hora: la una, las dos, las tres y media de la madrugada. Al principio supuso que la urgencia de orinar lo empujaba al cuarto de baño. La brusca descarga de la cisterna así lo confirmaba. ¿Pudiera ser que el hombre padeciese una afección de la próstata? En ocasiones, ella no sentía la cisterna ni lo sentía a él volver a la cama. ¿Dormirá sentado en el inodoro? Al cabo de un tiempo averiguó que Nicasio no siempre volvía a la cama, sino que de vez en cuando gustaba de acostarse en la habitación del Nuco, sobre una manta extendida en el entarimado. Una mañana, la oreja pegada a la puerta, lo oyó roncar dentro. Prefirió abstenerse de hablar con él del asunto por respeto, por dejarlo en paz, por no remover en el interior de sí misma aguas profundas y dolorosas.

Lo que sí hizo fue pedirle por favor que no metiera ruido por las noches con el agua del váter y que no cocinase para ella. Pero, hija, tú vienes tarde del trabajo, cansada y seguro que con hambre. Sí, pero ya me ocuparé yo de prepararme algo. Nicasio era en cuestión de sartenes y cazuelas la torpeza en persona. Tan pronto se le iba la mano con la sal como se olvidaba de ponerla. Las sopas le quedaban o bien secas y espesas, puro mazacote de fideos, o aguadas y aceitosas, y así con todos los guisos a menos que por azar o por descuido llegara a un resultado satisfactorio. Y acaso lo peor era que lo dejaba todo perdido, no raras veces con salpicaduras de salsa en la pared.

Mariaje, peluquera a fin de cuentas, rapaba regularmente el cogote de su padre con una maquinilla eléctrica, le rasuraba a diario la barba dura y blanca y eliminaba los pelillos que le brotaban al hombre de las orejas y la nariz, además de cortarle las uñas de las manos y los pies cuando le parecía oportuno. Poco a poco le renovó el vestuario y vigilaba que saliese a la calle con el mejor aspecto posible, duchado y perfumado, sin hacer el menor caso de las protestas frecuentes de él, que se sentía tratado como un niño. Eres igual de mandona que tu madre.

Ni el padre ni la hija escatimaban esfuerzos para lograr una convivencia armónica. Facilitaba su propósito la buena voluntad que ambos ponían en consumarla, cortando de raíz cualquier asomo de discordia. Nicasio no ocultaba la pena que sentía por su hija al considerar, no sin razón, que la pobre había tenido mala suerte en la vida y que estaba sola, aguantando a un viejo inútil como él. Mariaje se apenaba no menos de su padre, pues lo veía de día en día más frágil, más desvalido, más desorientado.

Una noche de verano, como a los ocho meses de compartir vivienda, Mariaje sorprendió a Nicasio limpiando el pantalón de pijama con una pastilla de jabón en el lavabo del cuarto de baño. Acababan de dar las cinco de la madrugada. ¿Qué haces? La respuesta consistió en una especie de gruñido indescifrable. Mariaje se apartó de la puerta al comprobar que su padre estaba desnudo de cintura para abajo. No le preguntó más, en la suposición de que el pobre hombre estaría descompuesto y habría sufrido un contratiempo. Por la mañana buscó la prenda a fin de meterla con otras de Nicasio en la lavadora. La encontró colgada en el tendedero de la ventana que daba al patio interior. El lavado de Nicasio no había sido tan eficaz como para quitar del todo la mancha. Oye, ¿tú tienes almorranas? Tuve una y desapareció, pero igual me ha vuelto. ¿Por qué no vas al médico? Bah, cosas peores deberían pasar para tumbarme a mí.

Dos semanas después, también de noche, Mariaje sintió la necesidad de ir al cuarto de baño. Encendida la luz, encontró el inodoro cubierto de sangre.

SUPE lo de tu marido y me dije: Mariaje no tardará en buscarme, pero según pasaban los meses me convencí de que nunca vendrías. En un primer momento, ella no estuvo segura de haberle dirigido la palabra al hombre que andaba buscando. Atareado en su faena de carrocero, él llevaba la cara oculta detrás de una máscara de soldador. Antes de quitársela, Mariaje lo reconoció por el timbre de voz. Y su gesto risueño, de una petulancia que a ella se le antojó repulsiva, terminó de colmarla de rabia, de vergüenza y hasta de odio.

¿Por qué me hago esto? Mariaje no conseguía borrar de sus pensamientos la chanza del insolente, mientras lo esperaba, la mirada fija en el vapor que ascendía de su taza de menta poleo, en el bar donde minutos antes habían acordado encontrarse.

Un recibimiento tan vejatorio era lo último que ella hubiera imaginado. Había ido a verlo por sorpresa, después de consultarlo con la almohada y con Garbiñe. Hacía mucho tiempo que no tenía noticias de él. Incluso llegó a pensar que se hubiera domiciliado en otra localidad, luego que la crisis económica obligase a cerrar el taller de reparación de automóviles donde trabajaba. ¿Habría abandonado Ortuella por esa razón? Preguntó, le respondieron. El Richi seguía residiendo en el pueblo, si bien iba para tres años que se había mudado a un bloque de viviendas del Grupo Ganguren.

Mariaje trató de hacerse la encontradiza. Un día festivo, por la mañana, se apostó en las proximidades del portal del Richi y permaneció cosa de una hora al acecho. Fue en balde. Para más inri, a cada rato pasaba cerca de ella gente conocida que la saludaba. El temor de suscitar habladurías la persuadió a marcharse. Tiempo después se enteró de que el Richi trabajaba en una empresa para arreglos de carrocerías en Portugalete. Averiguó el nombre y la dirección del taller, y allá se fue en autobús con la aprobación de Garbiñe, que la animó a tomarse la tarde libre y a buscar fortuna en aquel asunto que había llegado a convertirse para Mariaje en una obsesión.

El Richi la recibió con la chanza que a ella le sentó como un tiro. Lo más probable es que sólo pretendiera hacerse el chistoso. No lo recordaba como hombre que destacase por sus luces y su gracia. Tampoco hacían falta, puesto que no eran su intelecto ni sus prendas personales de lo que Mariaje tenía necesidad. Nada más verla parada a la entrada del taller, él adivinó el motivo de la visita. No se le ocurrió entonces mejor idea que soltar una impertinencia. Mariaje sintió fuertes tentaciones de cortar allí mismo la conversación y volver sobre sus pasos, pero no. Había ido a Portugalete a lo que había ido. Y ahora que su propósito estaba de manifiesto, optó por tragarse el orgullo y considerar la cuchufleta del mecánico como parte del tributo que habría de pagar.

El Richi llevaba puestos un mandil sobre el mono azul y unos guantes gruesos. Al retirarse la máscara habían quedado al descubierto sus facciones enrojecidas por el calor y el esfuerzo, unos ojos apicarados, que parecían burlarse de cuanto veían, y una frente ancha, sudorosa, con entradas que anticipaban una inminente calvicie. Así y todo, seguía teniendo un aspecto fuerte y sano, que era lo que principalmente interesaba a Mariaje. El Richi señaló un bar, al final de la calle, y dijo: Nos vemos allí dentro de cuarenta minutos, ahora no puedo.

EL Richi entró en el bar precedido de un fuerte olor a agua de colonia; con el no mucho cabello que le quedaba, mojado, y una demora considerable respecto al tiempo que se supone iba a tardar en salir del trabajo. Detrás de la barra, el gordo y colorado tabernero lo saludó con la jovialidad que suele reservarse a los clientes habituales. ¿Qué, una cañita para el señor conde de la Chapa? El Richi asintió sin detenerse. Divisó a Mariaje en la mesa del fondo, junto al ventanal, y enristró con paso seguro y gesto grave hacia ella.

Ya me he dado cuenta de que he dicho una tontería a tu llegada al taller y quiero pedirte disculpas. He visto que te ha dolido. Soy así, no tengo remedio. A veces intento hacerme el gracioso y no me sale. Ahora en serio; me acordé de ti cuando supe que José Miguel se había ahogado en el mar. Primero el hijo, luego el marido, pensé, qué sola tiene que sentirse Mariaje, y yo, desde luego, la ayudaría. Porque, claro, imagino que te has tomado la molestia de viajar hasta Portugalete para pedirme ayuda. ¿O me equivoco?

A Mariaje le agradaron las manos limpias y cuidadas del Richi. Ella habría esperado otra cosa de un hombre que pasaba horas a diario en contacto con la suciedad y se acordó de que José Miguel, a pesar de lavarse con abundante jabón al término de la jornada laboral, a menudo volvía de la fábrica con las uñas negras.

El tabernero, bandeja y caña, interrumpió la conversación. Colocó el vaso junto a la taza de menta poleo, cuyo contenido, ya frío, seguía intacto encima de la mesa; agregó un platillo con aceitunas a cuenta, dijo, de la casa; soltó una ingeniosidad, a la que sus destinatarios correspondieron con una sonrisa de circunstancias, y se volvió a su sitio detrás de la barra.

El Richi ofreció un cigarrillo a Mariaje. Ella, que nunca había fumado, lo rechazó. Él encendió el suyo, le dio una calada y prosiguió hablando: Nunca he tenido la oportunidad de hacerte una confesión. A mí la muerte del niño me afectó mucho, muchísimo, no te puedes figurar cuánto. Y lo siento por ti si te enfadas, pero yo también tengo mi corazoncito y no te voy a ocultar que me afectó como padre. Porque yo, aunque de lejos, sin poder acercarme a él por el trato que hicimos, no podía evitar sentirme el *aita* del niño. No me dirás que el chavalillo no tenía mis ojos y el color de mi pelo y hasta un aire al andar parecido al mío. ¿Le contaste alguna vez la verdad a José Miguel?

¿Se la contaste tú?

¿Yo? ¡Con los puños de hierro que tu marido tenía! De un solo golpe me arranca la cabeza.

Mariaje volvía cada dos por tres la mirada hacia el ventanal, observaba el tráfico y decía para sí: No le des a este mentecato el gusto de emocionarte. Negó que José Miguel estuviera al corriente del secreto. ¿Algo se olía? Pues a lo mejor sí, susurró, porque de tonto no tenía un pelo.

El Richi aplastó la colilla en el cenicero, tomó un último trago de cerveza y puso condiciones: Esta vez no hay marido por medio y no tiene por qué haber ocultación. Yo te hago un hijo. Vale. Eso es tarea fácil.

A Mariaje le entró un escalofrío. Olvidada de hablar en voz baja, formuló un temor. Él se apresuró a tranquilizarla: No pretendo salir contigo. ¡Dios me libre! Mi único deseo es que, si se da el caso de que nazca un niño o una niña, yo pueda jugar de vez en cuando con la criatura y llevarla de paseo y regalarle alguna cosilla en Navidad o por su cumpleaños. Y, qué coño, estaría dispuesto a participar en los gastos de la crianza. Ni siquiera te pido que me dejes entrar en tu casa. Sólo que pueda practicar en algunos ratos la paternidad y que el niño o la niña sepan que soy su *aita*. Te digo claramente que si no aceptas esto, no hay trato y tendrás que buscarte a otro, porque yo, créeme, ya no me conformo con hacer de semental y después si te he visto no me acuerdo.

Mariaje se limitó a responder que necesitaba tiempo para pensárselo.

El Richi se acercó a la barra con el fin de pagar las consumiciones. Volvió a la mesa fumando un nuevo cigarrillo y, en el momento de despedirse de Mariaje, le preguntó si deseaba que la llevase en su coche a Ortuella. Ella declinó el ofrecimiento.

Él dijo: Menos los sábados y domingos, me tienes a tu disposición en casa a partir de las nueve de la noche. No necesitas avisar. Basta con que toques el timbre. Si vienes, entenderé que has aceptado mis condiciones.

EL vecino que lo recogió en su coche se permitió, camino del cementerio, una broma sin mala fe: ¿Qué, a estar un rato con el nieto? Sin volver hacia él la mirada, Nicasio guardó silencio unos segundos antes de replicar en un tono distante, apagado, como si alguien distinto de él hablara desde su interior: Voy por penúltima vez. ¿Por penúltima vez? Sí, la siguiente será para quedarme.

En el corto trayecto entre la carretera y el columbario, Nicasio se detuvo varias veces a tomar aire. Había perdido bastante peso en las últimas semanas, dormía poco y mal y la debilidad general, unida a los dolores recurrentes en el abdomen, hacía trabajoso cada paso que daba.

Con mucho cuidado y lentitud bajó las escaleras que llevaban al nicho del Nuco, agarrándose con una mano al borde de las tumbas alineadas a su izquierda, sujetando con la otra el bastón todavía odioso, pero ya indispensable. Lo primero de todo, echó una bocanada de aliento al vidrio y, como no hubiese llevado consigo trapo alguno ni encontrase el moquero en los bolsillos, le pasó la manga.

Soplaba viento del norte, fresco y desapacible, y por el lado del mar se avistaba un frente nuboso, aún distante, que se aproximaba a tierra cargado de lluvia. En el último momento antes de salir de casa había preferido el bastón al paraguas, que también le servía de apoyo. Confiaba en que más tarde algún conocido lo bajase al pueblo; a pie, en su actual estado físico, no lo iba a conseguir.

Te extrañará que te visite un martes, pero todo tiene su explicación. Mañana me ingresan en el hospital de Cruces. Para unas pruebas, dice tu madre, que se cree que sabe mejor que yo lo que tengo porque ha hablado a mis espaldas con el médico. Nuco, tu madre es buena, pero también una metete que no ha aprendido a mentir como Dios manda.

Retrocedió unos pasos a fin de abarcar con la mirada el mayor número posible de nichos. Se fijó en algunos nombres, en los ornamentos, en la compartida fecha final. Dos años ya. Dijo: Niños, os han engañado, no estáis muertos. Yo, Nicasio, el abuelo de vuestro amiguito Nuco, os lo voy a demostrar en cuanto me entierren dentro de poco. Ya me las ingeniaré para excavar un túnel bajo tierra hasta donde estáis vosotros y entonces os explicaré muchas cosas que nadie os ha contado.

Se acercó de nuevo al nicho de su nieto. Le susurró en tono confidencial: Lo siento, Nuco. Ya sabes cuánto me habría gustado sacarte de aquí, pero no he podido. En el hospital intentarán retrasar nuestro encuentro. No les va a salir bien la jugada. Hasta pronto, Nuco. Hasta pronto. Tengo muchas ganas de verte.

Acarició el vidrio y emprendió con expresión serena, pasos lentos y rodillas temblorosas, apoyándose en el bastón, el camino de salida del cementerio. Al llegar al rellano superior de la escalera, se dio la vuelta. Miró las nubes por encima del columbario, cada vez más cerca de Ortuella. Va a llover, dijo para sí. Y antes de reanudar la marcha, lanzó un beso con la mano hacia la tumba de su nieto.

ME *complace recibir de quien me escribe una última oportunidad de expresarme como texto consciente de servir de soporte a todo lo que el autor ha querido poner en mí. Llegado a este punto, celebro dos cosas. La primera de ellas tiene que ver con mis dimensiones, las propias de una novela corta o, si se prefiere, de una novelita, denominación carente de prestigio filológico con la que no me siento menospreciado. Hermanos míos, hijos del mismo autor, sobrepasan las seiscientas páginas. A mí me bastan las que tengo, pues me parecen suficientes para contener las humildes y a menudo infortunadas peripecias de mis protagonistas.*

La segunda cosa que celebro me parece más relevante. Yo no quisiera terminar con una moraleja, un mensaje explícito, una lección moral. Que cada cual me entienda e interprete como estime oportuno. Me conformo con contener una historia en gran medida confeccionada a partir de las confidencias de la mujer a quien aquí, con su aprobación, hemos cambiado el nombre. A ella le agradezco que no haya tenido inconveniente en autorizar a quien me escribe algunas invenciones encaminadas a completar sus revelaciones y a dotarlas, esperemos, de relieve literario. En la actualidad, esta mujer a quien llamamos Mariaje reside en Baracaldo. Mi autor y yo estamos a la espera de que me lea y otorgue el visto bueno.

No temo el juicio desfavorable de quienes tal vez se animen a leerme un día; pero incurriría en una falsedad si afirmara que me son indiferentes las opiniones que yo suscite. Me agradarán las positivas y me resignaré a las negativas, como no podría ser de otro modo. Consideraré, sin embargo, que valió la pena el empeño de quien me escribió con sólo que hubiera un lector, uno sólo, hombre o mujer, contemporáneo o (si no es demasiada pretensión) venidero, que me hallase significativo y acaso emocionante. No pido más: tener sentido, dejar un rasguño en esta o aquella conciencia. En realidad, no pido ni espero nada, que es gran altanería creerse meritorio aunque sea en pequeña proporción, y ya mejor me callo para no seguir demorando con una digresión, sospecho que superflua, la tarea aún pendiente de contar el desenlace de esta historia. Allá voy.

MI padre bebía vino de un garrafón que guardaba en un armarito de la cocina, bajo el fregadero. Yo no supe de la existencia del trasto hasta después de instalarme en el piso. El garrafón tenía una envoltura de mimbre que con los años se había cubierto de suciedad. En el suelo del armarito, un corro violáceo impregnaba la madera. El vino era barato, no se vaya usted a creer, casi negro, de un olor tan penetrante que picaba en la nariz, al menos en la mía. A Nicasio se lo vendía un conocido del pueblo que a su vez lo compraba al por mayor en una cooperativa de la Ribera de Navarra. No es que Nicasio bebiese mucho; pero sus dos, tres vasos durante la cena no los perdonaba, y a mí me parece que, así como otras personas toman de costumbre somníferos por las noches, antes de acostarse, mi padre se ayudaba de su poquito de ebriedad para mejor conciliar el sueño.

Sola en casa, yo, que no pruebo el alcohol, me serví un vaso de aquel vino. Pienso ahora que, sin darme cuenta, traté de hacer algo que mi padre hacía a diario, como si a través de mí él pudiese continuar con la costumbre. El tufo agrio me repelió. Yo eso no lo podía beber ni tapándome la nariz. A lo más que llegué fue a tocar el líquido con la punta de la lengua. Me dio una arcada. Sin perder un segundo vacié el vaso en el fregadero. Repugnante es el calificativo más suave que se me ocurre.

Un rato antes, a eso de las nueve o nueve y media de la noche, yo había vuelto del hospital con el ánimo por los suelos. Al abrir la puerta, vino a mi encuentro un silencio raro. A ver si me explico. No se trataba del silencio normal de un lugar donde en esos momentos no hubiera nadie. Me pareció que las cosas, al percatarse de mi llegada, se callaban de repente, cómplices en un secreto seguramente doloroso que ninguna de ellas se atrevía a revelarme. Sentí de pronto que a mis espaldas los muebles, los adornos, en fin, los objetos de la casa se miraban entre sí instándose los unos a los otros a guardar silencio.

Más me inquietaba, sin embargo, la oscuridad. Esa sí que no guardaba enigma alguno ni requería explicación. Era una oscuridad cerrada, sin disimulo en su aspereza para conmigo. Después del intento fallido de tomar un sorbo de vino en la cocina, corrí de una habitación a otra encendiendo las lámparas, todas las lámparas, hasta llenar el piso con la mayor claridad posible. Pienso ahora, después de tantos años, que de no haber sido por este frenético ir y venir no se me habría ocurrido entrar en la habitación del Nuco.

TOMÉ asiento en la silla, que estaba donde la había dejado Nicasio antes de su ingreso en el hospital, más o menos en el centro de la habitación. ¿Qué ideas, qué imágenes, le vendrían a mi padre durante las horas que pasaba allí sentado? Trato de reproducir la habitación en el recuerdo. Al fondo, adosada por un costado a la pared, veo la cama de mi hijo, pequeña como era él, con la colcha del Athletic perfectamente estirada, sin una sola arruga, y un león de peluche, vestido con la camiseta del equipo, recostado sobre la almohada. Veo asimismo los juguetes en perfecto orden, la fotografía de mi madre joven y sonriente encima de la cómoda, el armario con la ropa y, enfrente, la mesa baja con su silla a juego. Lo llamé: Nuco. Nadie me oía, así que me dije: Voy a hablarle al niño, a quién le importa, a ver si logro formarme una idea de lo que experimenta mi padre cuando se sienta o pernocta en la habitación. Hijo, ¿qué haces en estos momentos?

¿Duermes? ¿Aprendes para el colegio? ¿Preparas una carrera con tus ciclistas de plástico?

Es curioso. No había en aquella especie de capilla consagrada al culto de un niño muerto un solo objeto que no me resultase conocido, hasta podría decir dónde los compramos y cuánto nos costaron o quién se los trajo al niño de regalo, y, sin embargo, los sentía extraños; aún más, irreales y borrosos, como si los contemplara a través de un vidrio esmerilado. Le aseguro a usted que no me producían el menor efecto, digamos, sentimental. Quizá por eso me embargaba cada vez con más fuerza el convencimiento de estar usurpando un espacio íntimo, el de los sueños y fantasías de mi padre, y cometiendo en consecuencia una profanación.

Hijo, tengo que contarte una cosa. Es una cosa triste sobre el abuelo. Hice como que el niño, ahí delante, me contestaba con aquella voz fina que tenía: Sí, ya lo sé. ¿Te lo ha contado él? Me contó que estaba enfermo, pero que no quiere que tú te enteres para que no le obligues a curarse. ¿Eso te dijo? Sí, y que nadie le va a impedir venirse conmigo para siempre. Vale, pero lo de esta tarde no lo sabes, tú no has estado conmigo en el hospital y por tanto no has oído las palabras del médico.

Y entonces le expliqué o imaginé que le explicaba que el doctor Zabaleta creía inútil operar. El cáncer estaba muy avanzado, se había extendido a distintas partes del cuerpo y no había nada, absolutamente nada que hacer. Lo mismo le ocurrió a tu abuela pocos meses antes de tu nacimiento. Ya sólo falta esperar que el abuelo sufra lo menos posible el tiempo de vida que le quede, que no va a ser mucho, ¿me comprendes?

Hablaba con el Nuco y hablaba conmigo misma, qué más da. Y por último le dije, me dije: Cuando se muera el abuelo, tú también te morirás, ahora ya sí del todo. No te hagas ilusiones. La única vida que te quedó después de la explosión es la que te ha estado dando tu abuelo. Conmigo no cuentes, hijo. A mí me vencen la cordura y la realidad. Lo siento.

En el instante de salir de la habitación, pensé: Aquí habría que ventilar. No lo hice. Me entró de pronto la superstición de que si abría la ventana se escaparía volando hacia la calle algo que era invisible, pero estaba allí y se perdería para siempre. Apagué la lámpara, cerré la puerta con sigilo innecesario y, yendo después hacia la cocina, me pareció una crueldad que el pobre niño permaneciera a oscuras, así que volví a la habitación y le dejé toda la noche la luz encendida.

NADA más llegar al piso de abajo, zas, me tropecé con la vecina. Ni que hubiese estado con la oreja pegada a la puerta, atenta al ruido de pisadas de Mariaje para salirle al encuentro en el rellano. No habría sido la primera vez. Que qué tal Nicasio, que hace días que no lo veía y le habían contado que estaba en el hospital. Sí, ahí anda el hombre, en manos de los médicos. Chica, pues a ver si hay suerte y se nos cura. Que le diera recuerdos. De tu parte. Ya en la calle, Mariaje, rezagada aposta un paso, esperó a cerciorarse de la dirección que tomaba la vecina para tomar ella la contraria.

No había cerrado con llave la puerta de casa. ¿Para qué si tenía intención de volver lo más pronto posible? Había salido con tiempo, lo que le permitiría dar un rodeo, airearse, pensar con calma en sus cosas. Ahora, por fin, estaba convencida de que no le faltaba resolución para llevar a cabo su propósito. Considerando la fecha de su última regla, abrigaba la certidumbre de haber elegido el día adecuado. Repitió el cálculo yendo por la calle y sí, estaba en día fértil, aunque vete tú a saber lo que sucede dentro de un cuerpo. Se dijo: Mi tren pasa hoy, ahora, y no espera. Por la tarde, en cambio, mientras se lavaba y arreglaba, no había estado tan segura de su determinación. Ciertos temores la hacían vacilar. Pensó en reunir coraje bebiendo un trago del vino de Nicasio; pero fue incapaz. Después de dos tentativas infructuosas, a punto de vomitar optó por verter el contenido del garrafón en el fregadero y delegar en el instinto la toma de decisiones.

Eso sí, nada de prisas. Aún no habían dado las nueve. El trayecto era corto, con el único inconveniente de las calles en cuesta. Si caminaba despacio, evitaría llegar empapada de sudor. No se había acicalado especialmente. Lo habitual en ella. Un poco de maquillaje, un poco de perfume y para de contar. Por el camino fue recuperando la serenidad perdida bruscamente en el encuentro con la vecina. Se dijera que la entrometida intentaba leerle los pensamientos en el fondo de los ojos.

Había llovido con rachas de viento fuerte por la mañana; pero ahora, de anochecida, el tiempo se había calmado. Flotaba en el aire la humedad fresca del otoño. Aquí y allá, los charcos reflejaban la luz tristona de las farolas. En todos los edificios se veían ventanas encendidas. Casi no había tráfico ni gente.

Al doblar la última esquina, Mariaje notó de pronto un leve nerviosismo. Se apresuró a recorrer con la mirada la fachada del bloque de viviendas. Vio luz en la ventana que andaba buscando. Así pues, a estas horas él suele encontrarse en casa, como dijo. Parada en la acera, tuvo la aguda sensación de que todo ocurría como se lo había imaginado. Para las diez o diez y media, como muy tarde, estaré de nuevo en casa, que mañana tengo que madrugar.

Encontró el portal a oscuras. Aun así, gracias al alumbrado de la calle, pudo distinguir sin dificultad la numeración de cada uno de los timbres. 3.º B: ese era el de la vivienda del Richi. Ella no le había anunciado la visita; pero, por la hora, él adivinaría enseguida quién llamaba, antes incluso que le llegara la confirmación por el interfono. Mariaje alargó un dedo hasta rozar el botón metálico del timbre; lo estuvo acariciando unos instantes, sin llegar a apretarlo. Volvió la mirada hacia la calle desierta, con automóviles aparcados a ambos lados; hacia el cielo oscuro, sin luna ni estrellas; hacia sus pies embutidos en unos zapatos rojos de suela baja, estrenados recientemente, que no le terminaban de gustar, pero Garbiñe había insistido en que se los comprase. Estuvo así, dudosa, inmóvil, cerca de un minuto. De nuevo acarició el timbre del 3.º B, apenas unos segundos antes de retirar el dedo y examinar en la penumbra la yema, como si esperara verla teñida, quemada, sucia, no sabía. A continuación se dio la vuelta y, sin pensar en nada, en paz consigo misma, emprendió tranquilamente el camino de vuelta a casa.